離婚したいのに、
旦那様の溺愛が凄すぎて別れてくれません

m a r m a l a d e b u n k o

JN053908

marmalade bunko

マーマレード文庫

目次

離婚したいのに、旦那様の溺愛が凄すぎて別れてくれません

離婚したいのに、
旦那様の溺愛が凄すぎて別れてくれません

第一章　突然のお見合い話

「麻里《まり》、俺と結婚しよう」

「春樹《はるき》さん……」

「必ず幸せにする」

青い海を思わせるような雲ひとつない晴天がどこまでも続いている。そんな空の下で、麻里はこんなふうに求婚されることを夢見ていた。そして、今、その夢がまさに叶った。

「はい、喜んで」

嬉し涙を目尻に滲ませて微笑むと、春樹は麻里の顎先に指をあてがいそっと上向かせた。

「愛してる」

「私もです」

高鳴る心臓が鼓膜を波打ち、春樹が顔の角度を斜めにしてゆっくり唇を寄せた。彼の熱を孕んだ吐息が触れると、麻里はキスの予感に胸がドキドキと弾んで――。

「莉子《りこ》ー！」

「ひゃっ」

いきなりノックもなしに休憩室のドアが開き、ビクッと肩が飛び跳ねる。弾みで手にしていた恋愛小説の文庫を床に落としてしまった。

「沙奈《さな》、びっくりしたぁ。どうしたの？」

本を拾い上げ顔をあげると、北見《きたみ》沙奈は手のひらを顔の前で立てて「邪魔してごめん」のジェスチャーをする。

「今、色打掛を試着してるお客様がいるんだけど詳しい話が聞きたいからって……悪いけど接客代わってくれる？」

「わかった。すぐ行くね」

「ありがと」

沙奈が部屋に入ってきた途端、私の脳内で繰り広げられていた読書中の甘い妄想がシャボン玉のようにパッと消えてなくなった。感情移入していただけに余韻に浸る間もなく後味が虚しい。ドアが閉められ再びひとりになった室内にため息が漏れた。

はぁ、この小説に出てくるような素敵な恋愛がしたいなぁ。

休憩中に解いていた肩下までの黒髪を指で梳き、手早くキュッとお団子に結いあげ仕事モードに切り替える。

私の名前は神山《かみやま》莉子。今しがた読みふけっていた大好きな恋愛小説シリーズに出てくる春樹みたいな彼氏もいないし、麻里みたいに素敵なシチュエーションで誰かにプロポーズされたこともない。恋に恋するなんて言い方は古いかもしれないけれど、ドラマや映画のような恋愛を夢見る二十四歳だ。

「すみません。お待たせいたしました」

結婚式のために色打掛の試着に来たという若い女性が、全身が映った大きな鏡の前で眉根を寄せながらうーんと唸っている。どうやら黒地にするか赤地にするかを決めかねているようだ。

私の実家は〝ＫＡＭＩＹＡＭＡ〟という創業百年の呉服専門店を営んでいる。日本《にほん》橋《ばし》に店を構え、父、神山龍次郎《りゅうじろう》はその二代目だ。

東銀座《ひがしぎんざ》駅から少し離れたＫＡＭＩＹＡＭＡは、日本家屋のような白壁の瓦屋根に大きな長暖簾、そしてでかでかと掲げられた屋根看板が店の目印になっている。店内はさほど広くなく、従業員は全部で十名在籍している。着物はもちろん色打掛や振袖など、こだわり抜いた反物が取りそろえてあり、和小物も豊富だ。店内の一角には小上がりの畳の間が設けられていて、試してみたい着物があればその場で着付けて試着もできる。そして、販売だけでなく卸売はもちろんクリーニングや仕立て、紋入れ、染めかえなどの充実したサポートも行っている。こんなふうに順調に繁盛しているけれど、いっときは経営が危ぶまれた時期があった。そのとき父が試行錯誤のうえ、店名と同じＫＡＭＩＹＡＭＡのオリジナルブランドを立ち上げた。若者がもっと和装に興味が湧くよう仕掛けたところ、「古臭くない」「流行りのデザインを取り入れている」と、たちまち人気が出た。それから雑誌やメディアにも取り上げられるようになり、今では大手百貨店などでも扱われるくらいの規模にまで成長した。

「色打掛って色選びが難しくて……普段黒い服ばかり着ることが多いんですけど、着物になるとなんか似合わない気がするんです。だから専門の方からお話聞きたくて」

彼女は私とあまり歳が変わらない若いお客様で、母親と一緒に来ていた。

「はい、お任せください。お客様に似合うようにお見立てしますね」

「よかった。じゃ、お願いします」

彼女がホッとしたように笑うと私も笑顔になる。

私は家業である呉服屋でマネージャー兼着物アドバイザーとして働いている。着付け師の資格はもちろん着付け講師の資格も持っているし、最近では着付け技能検定一級を取得した。

「そうですねぇ、お客様は身長でスラッとしていらっしゃいますから、大輪の花柄や大胆でモダンなものとか、少し洋風な柄行のほうがしっくりくるかと……こういう感じなんかいかがですか？」

「わぁ、素敵ですね。それと、小物も合わせてもらっていいですか？」

「承知しました」

自分の仕事は気に入っている。着物も好きだし、仕事中も常に着物を着ているくらいだ。こうしてお客様をコーディネートして喜んでくれたときが一番やりがいを感じる。このお客様も私が見立てた色打掛を着て、人生最高の結婚式を挙げるのだ。

私の結婚式は……白無垢かなぁ。んーやっぱりちょっと華やかな色打掛がいいかなぁ。あ、でもその前に相手を見つけないと。

「そういえば若女将さんってすごく着物が似合う人ですよね」

不意に声をかけられて思わず手が止まり、自分の結婚式の妄想が浮かびかけたのを慌てて掻き消す。

「ここのお店の若女将は色白美人で大和撫子だって雑誌にも書いてありましたよ。実はこのお店を選んだのもどんな人なんだろう、って興味があったからなんです。噂通りの美人さんだったからちょっと緊張しちゃって」

そう言って照れくさそうに笑う彼女こそ可愛らしい人だと思う。

美人で大和撫子だなんて言ってくれるのは嬉しいけれど、私は身長一六〇センチと平均よりやや高め。鼻も口も小さくて典型的ないわゆる純和風の顔立ちをしている。

肌も色白でよく羨ましがられるけれど、それがかえって不健康に見えそうなのがコンプレックスだった。いくら目鼻立ちがはっきりとしたモデルみたいな容姿に憧れても、鏡を見れば現実を突きつけられる。

「じゃあ、私、若女将が勧めてくれた色打掛にします。一番自分にしっくりくる感じだし。ねぇ、お母さんもそう思うでしょ？」

幸せオーラに包まれ、楽しげにしている親子を私は微笑ましく眺める。

結婚式を控えている女性というものは、どことなく希望と自信に満ち溢れて輝いているように見える。今まで何人もそういった女性を見立ててきたけれど、みんな表情が明るく生き生きしていた。

いつか私もそうなりたいな……。

心の中で呟きながら、私は彼女に「ありがとうございます」と頭を下げた。

「莉子、さっきはありがとう」

「ううん、大丈夫よ、気に入ってくれたみたいでレンタルの予約もしていってくれたし」

「ならよかった。私ももう少し着物のこと勉強しないとなぁ」

沙奈はうちの店の正社員。高校のときからの付き合いで、一緒に旅行をしたり食事に行ったりする唯一無二の親友でもある。

「今度、うちの店で着付け教室やるから沙奈も参加しない？」

「そうね、莉子が先生なら行きたいな」

笑った沙奈の口元から八重歯が覗く。

彼女はショートボブの似合う活発な可愛い系女子。笑ったときに見える八重歯が嫌、と本人は言っているけれど、私は彼女のチャームポイントだと思っている。元々大手百貨店でアパレル関係の仕事をしていた経験もあり、接客もスムーズだし申し分なく仕事をしてくれている。

「沙奈は本当に着物が好きなのね」

「百貨店で勤務してたときに行った展示会ですっごく綺麗な着物を見て以来ねぇ……なんか目覚めちゃったっていうか。ここで仕事しながら勉強もできるし、莉子には感謝してるんだ」

着物の勉強がしたい、という沙奈の熱意に私が「うちで仕事してみる?」と誘ったところ、沙奈はなんの惜しげもなくすぐに百貨店を退職して今年、KAMIYAMAに転職した。

もちろん百貨店のときとは違い給料も下がるし、勤務地が新宿《しんじゅく》から日本橋に変わり家からも通いづらくなる。それを全部承知でうちの店に来た。

彼女がお店で働くようになってから、不思議と店の雰囲気も明るくなったような気がする。ほかの年配従業員からも慕われていて父からも気に入られている。

時刻は十九時。

店がある日本橋は元々整然としたオフィス街といったイメージだからか、こんなところに呉服屋があるのが皆意外みたいで、通りがかりに立ち寄るお客さんも少なくない。通りを選べば情緒ある外観の建物が立ち並んでおり、歴史ある雰囲気も十分感じられる。雑然とした中にもひっそりとした静かな空間を持ち合わせるこの街が好きだ。

そろそろ店も閉店時間。それを知らせるように初夏の夕暮れが空をオレンジ色に包もうとしていた。

「ありがとうございました」

最後のお客様を見送って店を閉める。これで仕事が終わりというわけでなく、先に従業員を帰した後、在庫の確認や今日の売上確認などの業務をしなければならない。

「莉子、今戻った。今日のお客さんの入りはどうだったかな？」

「あ、お父様、おかえりなさい」

店主である父は、取引先への挨拶や工場などの視察で一週間の半分は店を不在にしている。その間の責任者は私だから、父のいない日はなにかと気を張ってしまう。

「今日は結婚式で着る色打掛のレンタル予約と、高額着物の購入が五件ありました」

「そうか」

父も日常的に着物を着る人で、今日は濃い紺系の着物に合わせてほんのり赤みのあるベージュの羽織を着て外出していたようだ。そしてまたしじら織の中折れ帽子がよく似合っている。五十代にしては若く見られ、この界隈では〝和服の似合うダンディーな店主〟としてちょっと名の知れた存在だ。

「莉子、少し話がある。仕事がひと通り終わったら事務所に来なさい」

「はい」

話ってなんだろう？

なんだか改まった感じで言われると気になるなぁ。

私は店舗二階にある自宅で父とふたりで住んでいる。ひとり娘で母はいない。家を出てひとり暮らしもしてみたい、と思ったことはあった。でも、父が断固として許してはくれなかった。大学を卒業し、友人はそれぞれ企業に就職する中、私はそのまま実家の家業を手伝っている。「世間知らず」「箱入り娘」だの言われてからかわれることもあるけれど、世間知らずに関しては反論できない。

よし！　今日のお仕事終わり！

店内を消灯し、先ほど父に言われた通り店の奥にある事務所へ向かう。なにかミスでもしたのかとドキドキしながらノックをして中に入る。

「失礼します」

父が緑茶を飲みながら寛いでいる。

「そこに座りなさい」

事務所と言っても書類の並んだ業務デスクの上にノートパソコンが一台、小さな丸テーブルを挟んで椅子が二脚置いてあるだけの狭くて簡易的な部屋だ。

父の座る向かいに腰を下ろし、背筋を伸ばして両手を膝の上で揃える。

「それでお話っていうのは……」

「ふむ、単刀直入に言おう。お前に見合いの話がきている」

お、お見合い⁉

私にとっては縁遠い単語が父の口から飛び出て目が点になる。数回瞬かせてようやく「はい？」と上ずった声が出た。

「お前ももう二十四だしそろそろなぁ、いい話だと思っているんだが」

人差し指と親指で顎を撫でながらしげしげと私の反応を窺っている。

「で、でも私が結婚して嫁になんて行ったらこの店は……」

私はひとり娘で兄弟はいない。婿養子にきてくれるならともかく、父に万が一のことがあったら誰がこの店を継ぐのか。すると父が腕を組んで背もたれに背を預けた。

「それなら心配いらない。もし私に後継ぎがいなければ、遼平《りょうへい》が三代目になることになっている。これは生前、親父と取り決めたことだ」

「え？　遼平叔父さんが？」

父の弟である叔父は今、京都《きょうと》にある呉服メーカーに勤務している。役職に就いているようだけれど、聞くと将来的にＫＡＭＩＹＡＭＡを継ぐことを了承しているという。

「だからお前はこの店に捕らわれる必要はない、自由でいいんだ。だけど結婚となると話が変わってくる。それなりにちゃんとした男と一緒になれば私も安心だからな」

な、なによそれ。

確かに結婚には憧れるけど……今までこの店のために頑張って仕事してきたのに、お見合いだなんて。

なんだか家から出て行けと言われているような気になって、悲しみと怒りがふつふつと湧いてくる。

「そのお話、お断りします」

きっぱりとした口調で拒否すると、父は眉尻を下げて弱り顔になる。

「莉子」

「だって……」

旅先やパーティーでの出会いとか、ドラマや映画のような結婚がしたい、というのが結婚に対して抱いていた大きな憧れだった。それにこのお見合いには政略的な事情も含まれているに違いない。というのも、父は商売がらみになるととことん貪欲なタイプで、『KAMIYAMAよりも規模の大きな会社の息子と結婚しなさい』『格式のある家柄に嫁ぎなさい』と言われて育ってきたからだ。

そりゃ、白無垢とか色打掛とか着ているお客さんを見たら私も結婚したいって思うけど、でもお見合いだけは嫌。

「まぁ、そう言わずに話だけでも聞きなさい。お相手の男性なんだが、実はKAMI

ＹＡＭＡと取り引きのある百貨店の息子さんでな、彼の父親は私のよく知る大学時代の友人でもあるんだ」

やっぱり取引先の相手じゃない。

横の繋がりがあるお見合いと知ってますます嫌になる。それに、父の言う百貨店の息子というのはただの息子ではなく〝御曹司〟なのだろう。

まるで絵に描いたような政略結婚ね。よく知っているのは大学時代の友人でお見合い相手じゃないんでしょ？　そんな人とよく結婚させようとするわね。

「先日、その桐ヶ谷《きりがや》親子と食事をした際に、お前の写真を見てご子息が是非会いたいと言ってくれてな」

「え？」

桐ヶ谷？　って、まさか……。

聞き覚えのある名前に首をひねって思考を巡らせる。そんな私を傍目に父は話を続ける。

「桐ヶ谷穂高《ほだか》君と言ってね、今年三十二だそうだ。彼は出来すぎるくらいにいい男だぞ？　莉子は私の自慢の娘だ、どんな男の目も引くだろう。だから妙な虫がくっつく前にお前が嫁に行ってくれるなら父親としても本望だ」

「あ、あの、桐ヶ谷というのは、もしかして桐ヶ谷百貨店の？」

「百貨店といえば桐ヶ谷」というように、その名は必ず耳にする大手百貨店だ。株式会社桐ヶ谷ホールディングス傘下の老舗百貨店で国内はもちろんのこと、海外にも多く店舗がある。

「私の友人である桐ヶ谷はその事業グループの代表取締役社長だ」

父はまるで自慢するかのように腕を組んでふんぞり返る。

じゃあ、そのお見合い相手って桐ヶ谷ホールディングス社長の息子ってことだよね？

百貨店の社長の息子というだけでも雲の上の存在だと思うのに、どうやらお見合い相手はさらに上を行く人のようだ。

「ちょ、ちょっとお父様、そんな良家の方とお見合いだなんて分不相応です。こんなしがない呉服屋の娘となんか……」

私がへりくだると、父がムッとして口をへの字にする。

「こんなしがないとはなんだ。うちだって由緒正しい歴史ある呉服屋だぞ？　そりゃあ桐ヶ谷に比べたら規模は小さいがな」

「とにかく、お見合いはお断りします」

普通なら、そんないいところのご子息とお見合いできるなんて幸運だ。と思うのだろうけれど私はお見合いに対して嫌悪感がある。

「莉子、会うだけでもいいじゃないか」

「お見合いして結局お母様は出て行ったじゃない！　よく知りもしない相手と結婚なんて絶対嫌！」

幼少の頃から親に対しては丁寧な言葉遣いをするように、と躾けられてきた。いまどき父のことを「お父様」と呼んでいることを周りは珍しがるけれど、これが私の普通だった。食い下がる父につい口調が崩れ、しかも言ってはいけないことを口走ってしまった。珍しく大きな声を出した私に目を丸くして父が驚いた顔でこちらを見る。

「……ごめんなさい」

すぐに冷静になって謝ると父は重いため息を吐いた。

「そうだな……莉子の言うこともわかる。だからこそお前には幸せな結婚をと思っているんだよ」

私の母は地方の地主の娘で十九歳で父とお見合いをした。結婚して都会の呉服屋へ嫁いだはいいけれど、働いたことがなく世間知らずだった母は慣れない仕事で精神的に参ってしまい、私を生んだ後、ほかに男の人を作って家を出て行ってしまった。母が今、どこでなにをしているのか生きているのかさえわからない。まったく記憶もないからいまさら会いたいとも思わないけれど、母親についてはそのように父から聞かされている。

『母さんが出て行ったのは、私が不甲斐なかったせいだ』

『もう少し気を配ってやれていたら……莉子にはつらい思いをさせてしまったな、すまない』

母親がいなくていじめられたこともあった。その度に父が申し訳なさそうに私の頭を撫でながら謝っていた。でも、一番つらいのは父なんだと幼心に感じて、それからというもの私は父にとっていい子になろうと決めた。決してわがままを言わず、反抗もしなかった。父が選んだ学校へ行き、家業に入り、素直に父の言うとおりにしてきた。

お見合いなんてしなければ、父はこんなにも悲しくてつらい思いをせずに済んだのに……そう思うとお見合い結婚に対して嫌な印象しか抱かなくなった。

「莉子、相手は学生時代からの友人だ。決して悪い人間じゃない。それにうちの店は桐ヶ谷あっての店だ。父親の顔を立てると思ってどうかいい返事を聞かせてくれないか？」

もう、ずるい！　そんな言い方されたら断るに断れないじゃない。

「……わかりました」

〝桐ヶ谷あっての店〟というのもなんだか引っかかる言い方だけど、私は肩を落として盛大にため息をついた。

本当は今ハマって読んでいる恋愛小説みたいなドラマチックな結婚に憧れていた。現実とは厳しいものだと改めて思い知らされた気がする。

「おぉ、そうか、よかった。では先方にさっそく連絡を入れよう」

渋々首を縦に振ると、父の表情がパァッと明るくなった。それを見たらお見合いについては不本意だけど、なんだか気持ちが楽になる。

はぁ、ついつい了承しちゃったけど……どうしよう。

桐ヶ谷さん、かぁ。

父は悪い人じゃないと言っていたけれど、良いか悪いかなんて実際会ってみないとわからない。

父の話が終わると、私は重い足を引きずるように自分の部屋へ戻った。

翌日。

今日は早めに仕事が終わり、沙奈と一緒に夕食を食べることになった。仕事中の着物はしっくりくるけれど、街を歩くのに着物を着ているとさすがに浮いて見えるため、夏らしく淡いブルーのワンピースに着替えてから東銀座駅の近くにあるスパニッシュレストランに入った。

以前は薄暗い路地に佇む暗い感じの店という印象だったけれど、最近リニューアルオープンしたらしい。アプリのお気に入りに登録していて、私もいつか行ってみたいと思っていた。

地中海の港町にあるレストランのような趣がある白と水色を基調にした内装は、まるでリゾート地のような雰囲気がある。魚介料理が有名で、壁に掛かっているボードに本日のおすすめで〝自家製フォカッチャのマグロとタルタルソースのサンド〟と書かれていた。それぞれ飲み物と適当にタパスやカルパッチョの盛り合わせ、鮮魚のオーブン焼きなどを注文してひと息つく。

「そういえばさぁ、なんか今日の莉子、様子がおかしいっていうかぼーっとしてるっていうか……なにかあったの？」

そう目敏く言われて飲み物に伸ばした指先がギクリとする。

沙奈は早々に運ばれてきたフライドポテトにアンチョビマヨをたっぷりつけてパク

リと口に放り込んだ。

「長い付き合いなんだから隠し事はナシ！」と言われて私も、そうだよね……という気になる。

今日は父から言われたお見合いのことが頭から離れなくてずっと一日中考えていた。お見合いするとはいえ結婚には繋げたくない。この状況をなんとかする方法がないか考えを巡らせてみたけれど、なかなか良案が浮かばない。

そうだ、沙奈に話を聞いてもらったらなにかいいアドバイスくれるかも。沙奈は私よりもずっと恋愛経験豊富だし、今だって学生のときからずっと付き合っている彼氏がいる。

「あのね……」

私は昨夜の話をぽつぽつと沙奈に話し始めた――。

「えっ!? お見合いって、莉子が？」

「ちょっと、沙奈、声がでかいって」

シーッと人差し指を唇に当てて窘めると、沙奈はハッとしたように手で口を塞いだ。

「桐ヶ谷さんって、あの桐ヶ谷百貨店の御曹司のことでしょ？」

「うん、沙奈、桐ヶ谷さんのこと知ってるの？」

そう言ってから、あ、と気づく。確か沙奈がうちの店に来る前の職場は桐ヶ谷百貨店だったはずだ。もしかしたら顔くらい合わせたことがあるかもしれない。

「桐ヶ谷穂高さんって言ったらもう、同性も惚れるくらいめちゃくちゃイケメンで大人の色気というか、とにかく男女ともに憧れの上司ナンバーワンだった人だよ」

沙奈の話によると、海外各国の店舗マネージャーを経験した後、現在は本店の営業部統括部長を務めているらしい。高校からアメリカ暮らしで州立でもトップクラスの大学を卒業したとか。頭の回転が速くて話し上手ですっきり整った顔立ち、経済力はもちろんのことすべてを兼ね備えたパーフェクトな男性だ。と沙奈がとめどもなく言葉を並べて褒めちぎる。

そこまで褒められたらなんだか逆に嘘くさい気もするけど。

「でもね、父からどうしてもって言われたから会うだけ了承したっていうか、結婚する気は全然ないの」

「えっ？　なんで？　そんな好条件の人なんていないよ？」

もったいない、と言わんばかりに沙奈が不満げに頬杖をつく。

「好条件でも、その人の内面がいいかどうかわからないでしょ？　それに私は……」

お見合いに対して否定的な考えを持っている。夢みたいな非現実的な恋愛に憧れているなんて言ったら、沙奈は笑うだろうか。そう思って喉まで出かかった言葉を呑み込む。

「それより沙奈、教えて欲しいことがあるの」

改まる私に沙奈が視線を合わせる。今まで何度も彼女に相談にのってもらったことがあるけれど、決して馬鹿にしたりしない。だから私も信頼して心が開ける。

「今回のお見合いは父の友人からの申し出で、取引先でもあるって言ってた。だから私のほうから結婚を断れないの」

大手企業の社長の息子と呉服屋の娘だなんて格差がありすぎる。もしこちらから断ったりしたら、父にとっても今後仕事上でも都合が悪くなるだろう。

「どうにかして結婚しないで済む方法あったら教えてくれない？」

顔の前で手のひらを合わせて沙奈を拝む。そんな頼みごとをされるなんて思ってもみなかった彼女は面食らったかのように目を瞬かせている。

「うーん、私だったらその結婚に即ＯＫしちゃうけどなぁ、こっちから断れないってことは、向こうから断られればいいんでしょ？」

腕を組んで斜め上に視線を向けながら沙奈が唸っている。すると、いいことを思いついたと指をパチンと鳴らした。

「莉子が相手に嫌われるようなことをしてお見合いをぶち壊せばいいんじゃない？」

お見合いを……ぶち壊す？

意外なアイディアが沙奈の口から飛び出して、きょとんとなる。

「例えば相手がたじろいじゃうくらいの強烈わがまま娘になるとかさ、お金持ちに目がありません！　みたいな下心丸出しにしてたらいくらなんでも引くんじゃないかな？」

ほうほうと相槌を打ち、自分では思いつかないような話に聞き入る。

「そういえば莉子は高校のとき演劇部だったじゃない？　未来の女優候補なんて言われてたくらいなんだから、演じるくらい簡単でしょ？　って、あはは、こんな冗談みたいな話真面目に聞かないでよ？」

「演じる、ね」

「え？　ちょっと莉子？」

沙奈は冗談だと言うけれど、案外使えるアイディアかもしれない。

神妙な面持ちで一点を見つめて考え込む私の顔の前で、沙奈が「おーい」と手を振る。

「わがままお嬢様を演じてお見合いをぶち壊す……うん、いけるかもしれない」

そうと決まればお見合いまでにとっておきの秘策を考えなくては。

心配げに見つめる沙奈ににこりとして、私はカクテルの入ったグラスをグッと呷った。

神楽坂《かぐらざか》の隠れ家的な料亭「風月《ふうげつ》」の周りをぐるりと囲むのは、日中の太陽に照らされ眩しいほどの白壁に漆黒の瓦をのせた瓦土塀。敷地内の庭には剪定された楓の木があり、ひょうたん型をした池の中では趣ある色鮮やかな錦鯉が優雅に泳いでいた。見れば見るほど格式のあるお見合いには打って付けのロケーションだ。ホテルのロビーやレストランなどがお見合いの場所として主流になりつつある今、料亭でお見合いするなんて少し古臭い気もしたけれど、風流な和の雰囲気がかえって緊張で高鳴る胸を落ち着かせてくれる気がした。

はぁ、桐ヶ谷穂高さんかぁ……どんな人なんだろ？

ついにこの日がやってきた。父からお見合いの日取りを聞かされてからあっという間に日が経った。お見合いといえば和装というのが昔は一般的だったし、私もなんとなくワンピースやスカートより着物のほうが落ち着く。けれど今日はいつも着慣れている着物が窮屈に感じた。お見合いで着物を着ていくというお客様には「清楚さ」

「上品さ」「美しさ」が出るように淡色で明るい色のものをよく選ぶ。だから自分も同じように淡いピンクの落ち着いた柄の着物を着付けてきた。髪の毛も派手になりすぎない髪飾りでさっくり後ろにまとめあげている。

乗り気じゃないお見合いでもちゃんと身なりだけは整えなきゃね。

「莉子、まぁそう硬くなるな、別に結婚相談所の仲人がいるわけじゃないし、先方はもう到着して先に部屋へ通されているそうだ」

父は仕事の関係で高級料亭でよく会食をしているから慣れているものの、私は滅多にこういった場所に来たことがない。来慣れているように見られがちだけれど、マナーさえも危うい部分がある。

仲居の案内で父と縁側を歩き、回廊で繋がるお見合い相手の待つ個室へと向かう間、気持ちを整えるため何度も深呼吸をした。

「失礼いたします。お見えになりました」

一番奥の個室の前で仲居が立ち止まる。

「あぁ、入ってくれ」

中から父の友人の返事がして、厳かに襖がスッと開かれるとともに〝作戦〟を決行すべく、私はグッと人知れず拳に力を込めた。

この人が、桐ヶ谷穂高さん？

木目の美しい高座椅子に座っているお見合い相手であろう紳士的な男性が、私に軽く会釈をする。父と私は桐ヶ谷親子と向かい合うように腰を下ろした。

「初めまして。桐ヶ谷穂高と申します。本日は御足労いただきありがとうございます」

少し癖のある髪は柔らかな黒色で、額にかかる前髪を自然に横に流している。パッと見の体格から身長も一八〇はあるだろう。左右対称に整った二重瞼に高い鼻、そして形のいい唇が緩やかに弧を描いて彼が丁寧に挨拶をして微笑んだ。その瞬間、ドクンと心臓が妙な収縮を覚えて思わず視線を逸らした。

え、なに今の……。

きっと、慣れない場所でのお見合いで緊張しているせいだ。胸に手をあてがい、気持ちを落ち着かせた。ふと、顔をあげると人当たり良さそうに細めた目がじっと私を見据えている。彼の目は淀みもなく澄んでいて綺麗だった。うっかり吸い込まれそうになり、慌ててその視線から逃れようと、私は部屋全体を見渡した。

第二章　本性現る

　八帖ほどのこぢんまりとした和室で左隣には床の間がある。シャクヤクやナデシコなど鮮やかな色合いを持つ初夏の花が生けられ、掛け軸も飾られていた。青々とした新しい畳からはい草のいい香りがする。

「初めまして、神山莉子と申します」

　私には〝このお見合いをぶち壊して、相手側から断られる〟という目的がある。恭しく頭を下げて自己紹介する私が、そんな物騒なことを考えているだなんて、この目の前の親子も父も想像していないだろう。

「噂には聞いていたが……器量のいい娘さんじゃないか、なぁ穂高」

　学生時代からの父の友人だという桐ヶ谷さんのお父様は、なにか武道を嗜んでいるのかと思うくらい筋肉質で身体全体に厚みがある。私の容姿に満足がいったのか、大きな声で笑いながら桐ヶ谷さんの肩を叩いた。

「父さん、彼女の前で失礼になるような言動は慎んでくださいよ、すみません……」

「いいえ、お気になさらず」

彼のお父様は太い眉と鷲鼻が目立つ顔でお世辞にも柔和とは言いがたく、性格も息子のほうが落ち着いて見える。きっと桐ヶ谷さんの優しげで線の細い風貌はお母様から譲り受けたのではないかと思う。

本当に整った顔をしている人。というのが桐ヶ谷さんの第一印象だった。恐ろしく顔面偏差値が高く、きっと街中を颯爽と歩いていたら、すれ違う女性は必ず振り向くだろう。そういえば以前、沙奈がやけに彼のことを絶賛していた。あのときはピンとこなかったけれど、実際会ったらなんとなくその意味が理解できた。

「倅《せがれ》もういい歳になるのに、なかなか身を固めようとしなくてな、けど神山のお嬢さんの写真を見せたら気が変わったと言って、自分からお見合いの話にのってきたんだ」

「そうだったのか、息子さんの目に留まったようでなによりだな」

父親同士で勝手に盛り上がる中、そうこうしているうちに昼食の懐石料理が運ばれてきた。

金縁の小鉢に入った先付けは大根と人参の酢漬け、さっと揚げた獅子唐などの季節の野菜の盛り合わせにクリームが添えられている。あとは新鮮な魚介のお造り、天ぷらや煮付けなど、昼食にしてはかなりのボリュームの料理がテーブルいっぱいに並べられた。

上品な匂いを漂わせた料理を目の前にしたら、ついお見合いだということも忘れて釘付けになる。

「着物の似合う女性だとうかがっていましたので、今回はこの店を選ばせていただきました。今日のお召し物もよく似合ってますね」

着物が似合うと言われて嫌な気はしない。愛想交じりの笑顔を返すと桐ヶ谷さんが飲み物に手をつけながらにこやかに笑った。

聞くとこの店は桐ヶ谷家が贔屓にしている料亭で、仕事の会食でもよく利用しているという。

「お父様からすでにお聞きかと思いますが、私は桐ヶ谷百貨店本店の営業部統括部長を務めています。ＫＡＭＩＹＡＭＡさんにもお世話になっているんですよ」

「そうですか、こちらこそ父がお世話になってます」

そう聞いても特に興味がなさそうに平坦な口調で答える。

じっと前を見据えると確かに利発そうな顔で人柄も良さそうだ。きっと社員からも慕われていて、今の役職に就いているのだろう。

でも、どんなにいい人だったとしても私はこの人と結婚するつもりは微塵もない。

食事中、桐ヶ谷さんから好きな食べ物や趣味などありきたりな質問をされて、それなりに返答をしていると、すでに食事を終えた桐ヶ谷さんのお父様が席を立とうとする。

「龍次郎、ここは若い者同士でってお決まりの台詞があるだろう？　かれこれ半年ぶりか？　久しぶりに会ったんだ、私たちは中庭で散歩でもしながら話そうじゃないか」

「ああ、そうだな」

見ると父もすでに食事を終えていて、お茶を啜ると続いて席を立った。

え？　ちょ、ちょっと！　いきなりふたりきりにするなんて、そんな余計な気を使わなくても。

あぁ、どうしよう、気まずい！

父親同士が部屋を後にし、無情にも襖が閉められると重苦しい沈黙が流れた。これじゃもう食事をする気にもなれない。

「もう少し料理を楽しめばいいのに……父は少々せっかちというか、すみません」

桐ヶ谷さんは苦笑いする。そしてその表情すら上品だ。本当に育ちのいい御曹司といった感じで、きっと私がわがまま娘だと知ったら引くかもしれない。けど、それが私の目的でもある。

たとえ桐ヶ谷さんと一緒になったとしても、なんとなくうまくいかないような気がした。私はどちらかというともっと男振りのあるほうがタイプだ。桐ヶ谷さんは優しいかもしれないけれど、イマイチ好みの雰囲気とは違った。

きっと真面目な人なんだろうな、堅実的で……。

こういう人を夫にしたいというのが一般的な女性の考えなのかもしれないけれど、そんな型にはまったような結婚はますます嫌だ。

「莉子さん」

お見合いをぶち壊して結婚を回避するため、いつ口火を切ろうか考えていたとき、桐ヶ谷さんが急に私の名前を呼んで改まった。

「単刀直入に言うと、私はこのお見合いを前向きに考えたいと思っています。その上で例えば、結婚するための条件などがあったら参考までに聞かせていただきたいのですが……」

この短い時間で私のなにがわかって結婚を前向きになんて言っているのだろう。そんなふうに簡単な女であるつもりはない。軽く見られているのかもしれない。そう思ったらふつふつとした苛立ちがこみ上げてきて〝わがまま娘〟を演じるスイッチが頭の中でカチリと入る音がした。

「結婚するための条件ですって？」

今までおしとやかにしていた態度が冷ややかに一変し、桐ヶ谷さんがその様子に目を丸くして驚いている。

「そうですね、もし結婚したとしても実家の仕事は続けさせてもらいます。それと、うちの店の商品をもっと海外に進出させたいとちょうど考えていたところなんですよ。桐ヶ谷さんは海外店舗でもマネージャーをしてたとうかがいましたので、手広く展開してKAMIYAMAの売上に貢献してくれます？」

うん、まずはこのくらい言っておけば下心がある女だと思って――。

「わかりました。それから？」

え？

「ほかにもありましたら聞かせてください」

桐ヶ谷さんは突きつけられた条件に絶句するどころか穏やかな表情を崩さず、平然としていた。目が点になっている私に、むしろもっと来い来いと挑戦的に煽っている気すら感じる。

そんな余裕な顔していられるのも今のうちなんだから……。

あまりにもひどいわがままっぷりにたじたじになっている彼の姿を想像すると面白くなってきた。この場に父たちもいないし、気にかけることなく好き放題言ってさっさと呆れてもらおう。

「自宅に八帖くらいの茶道と華道のお稽古ができる私専用のプライベート和室が欲しいです。あ、ちゃんと床の間付きで」

「わかりました」

「好きなものを好きなときに買ってくれて、私が出かけるときは必ず車で運転手をつけて、家事全般はするつもりありませんので代行サービスに頼んでください。それから結婚して同じ屋根の下に住むことになってもお互いのことには一切干渉しない。自室はもちろん寝室も別々で。誰かと一緒に寝るだなんて考えられませんから」

一気に言葉を立て続けに並べ、ぜぃぜぃとあがっている息を整える。

これだけ自分本位な条件を出されたら、さすがに「願い下げだ！」となるだろう。

その証拠に桐ヶ谷さんは親指と人差し指を顎にあてがい、しばらくなにやら考え込む仕草をしていた。きっとこのお見合いをどう断ろうかと思案しているに違いない。

「莉子さんは、このお見合いにあまり乗り気じゃないようですが……なるほど」

なるほど、ってなに？　私がその気じゃないってこと、わかってくれたのかな？

そりゃそうよね、初対面でこんな好き勝手言われたら遠回しに拒否してるってわかるよね？

「初めからこのお見合いには興味ありません」

そう言おうと口を開きかけたときだった。

「いやぁ、なかなか楽しい話ができたな。龍次郎、今度はふたりで飲みにでも行こう」

突如、襖が開かれて父たちが早々に戻ってきた。喉まで上がっていた言葉をグッと呑み込み笑顔を作る。

あぁ、なんてタイミングの悪い……。

「おかえりなさい」

ガックリと肩を落として心の中でぼやく。

「穂高、実のある話はできたか？」

「ええ、そうですね」

桐ヶ谷さんのお父様がニコニコ顔で尋ねると、意味深に桐ヶ谷さんが私をチラリと見る。そして目が合った瞬間、唇の端をあげてうっすら笑った気がした。

「それで、穂高君、うちの娘はどうだったかな？」

私の隣に座り直す父が、こころなしかそわそわした感じで桐ヶ谷さんに尋ねる。

あんなに散々礼を欠くようなことを言ったんだから「どうもこうも、こんなわがまな娘さんを嫁にもらうことはできません」そう言われるのを期待していると。

「莉子さんは、僕の結婚相手にぴったりな女性ですね。是非、この話を進めていきたいのですが」

え？　はぁ!?　な、なんでそうなるの？

桐ヶ谷さんの口から飛び出た意外な言葉に思わず腰が浮きそうになる。それを堪えてテーブルの下でギュッと拳を握った。本当は声を大にして「冗談じゃないです！」「結婚なんてするつもりありません！」と言いたかった。けれど、よくよく考えたら桐ヶ谷は父の会社の運命を握っていると言っても過言ではない。ＫＡＭＩＹＡＭＡのブランドを全国の桐ヶ谷百貨店で取り扱ってくれているし、かなり大口の取引先だ。だからこちらから断るという選択肢はないのだ。

「それならよかった。なんせ莉子は少々わがままで気が強いところがあるというか、これでもいつももっとおしとやかに、と言い聞かせてはいるんだよ」

はぁ、お父様ってばよく言うわ。

父の下手な謙遜に小さく呆れを滲ませたため息をつく。

「龍次郎、お嬢さんは器量もいいし品があるぞ？　もっと若かったら私がお見合いしたいところだ。あっはっは」

桐ヶ谷さんのお父様が声をあげて鷹揚に笑う。

「莉子さんがわがままだなんて思いません。むしろ自分の妻になる女性なら、はっきり自己主張ができる相手のほうがちょうどいいです」

歯の浮くようなお世辞を並べられて居心地が悪くなってきた。こんな茶番、さっさと終わらせたい。

「なら決まりだな。いやぁ、今までいくつ見合い話を持ってきても写真すら見ようとしなかったのに、よほど莉子さんのことを気に入ったようだな」

ちょ、ちょっと決まりって？

私の目論見に反して事が逆方向に進もうとしていて、なんだか嫌な予感がする。

「あ、あの……もしかして婚約成立ってことでしょうか？」

和気藹々とした雰囲気の中、恐る恐る桐ヶ谷さんに尋ねる。すると彼はやんわりと笑って私に言った。

「ええ、今後ともよろしくお願いします。桐ヶ谷莉子さん」

それから二週間後。

お見合いをぶち壊すどころか、まさか相手側に気に入られるという予想外のことが起きた。そしてトントン拍子に桐ヶ谷さんとの結婚が決まり、私は後に引けないまま戸籍上〝桐ヶ谷莉子〟になった。

私が桐ヶ谷さんの妻になる三日前。

彼がうちにやって来て、役所への手続きに同行しないかと言われた。元々は他人同士だったふたりが、夫婦として公的に認められる特別な手続き。本当ならこれからともに歩む人生に胸を弾ませながら一緒に役所に行くべきなんだろうけど、これは望んでもいない結婚だ。そんな手続きを目の前でされたらきっと耐えられなくて泣いてしまうかもしれない。だから気分が優れないことを口実に「お任せします」と言って同行を断った。

あんな紙切れ一枚で結婚が成立するなんて、案外呆気ないのね。

入籍の手続きが完了した。という桐ヶ谷さんからの連絡を受け父は大喜びし、『これでようやく親としての役目が終わった』『きっと穂高君とならば幸せになれる』と感極まって涙を流していた。母がいなくなり、男手ひとつで私をずっと育ててきてくれて父には感謝している。どんなときも私の味方だったし、周りから見ても仲のいい親子だったと思う。だから結婚することで、なにか恩返しができたのなら、それはそれでよかったのかなぁ、なんて思ってしまう。

それにしても、まさかうちの店が桐ヶ谷ホールディングスとそんな繋がりがあったなんて。

以前、父が〝桐ヶ谷あっての店〟と言っていた。気になって後から尋ねると、KAMIYAMAが過去に不景気で経営が危ぶまれていたとき、桐ヶ谷ホールディングスの金融機関より多額の融資を受けたらしい。そして今でも借金を返済中なのだという。そんなことも露知らず、立場的に初めから私に結婚の拒否権はなかったのだと思い知らされた。

はぁ、気が重い。

仕事を終え、店内の照明を落とすと視線を壁掛け時計に向ける。約束の二十時まであと三十分。刻々と時が迫る度、どんどん憂鬱度が増していく。なぜなら今夜、仕事が終わり次第、ついに桐ヶ谷さんのマンションへ引っ越し同居を始めることになっているからだ。

「莉子、お疲れ。どうしたの？　そんな死人みたいな顔して」

「え、あ、沙奈、お疲れ様」

化粧直しをして私服に着替えた沙奈が怪訝そうに、暗い店の中に佇む私を見ている。沙奈は私が桐ヶ谷さんと結局結婚することを知って、「一応おめでとう……なのかな？」とお見合いをぶち壊そうとしていた私の目論見を知っていただけに複雑な表情で苦笑いした。

「桐ヶ谷さんと今夜から一緒に住むんでしょ？」

「うん、その前に食事に誘われてるの」

桐ヶ谷さんは思いのほか、かなり忙しい人で、デートらしいデートはまだしていない。

別にデートなんてしたいとも思わないからいいんだけどね。

お見合いしてから彼と何度かメールや電話のやりとりをした。でも、私の態度は自分でも素っ気ないと思うほど淡泊だった。

『自宅マンションを早急にリフォームしますから、二週間待っていてくれませんか？』

お見合いのときに言った〝結婚のための条件〟を実行するため、桐ヶ谷さんは本当に茶道と華道のお稽古ができる和室を用意すると言い、完成するまで実家で待っていた。それが先日、ついにリフォームが終わったらしく、ついに一緒に生活をするときがやってきてしまったのだ。まさか、あの適当に並べた無理難題をいとも簡単にすべて呑んでしまうなんて思いもよらなかった。あれくらい彼にとってはお安い御用だったのだ。

　初めて出会ってから二週間後にはもう夫婦になっているだなんて、展開が早すぎて頭がついていかない。引っ越しするのも憂鬱だ。

　この二十四年間、実家を離れたことはなかった。住む場所を変えるというのは、それなりにストレスだ。最近ため息ばかり出てしょうがない。

「なんだかあんまり嬉しそうじゃない感じね、まぁ、最初から乗り気じゃなかった結婚だったし」

「もう、この先いったいどうしたら……きっとなんのメリハリもないつまらない結婚生活が始まるのよ、私はもっと非現実的なドラマチックな出会いと結婚を夢見てたのに……はぁ」

　沙奈が悲嘆にくれる私にあはは、と苦笑いした。すると。

「そんなに嫌なら即効で離婚しちゃえば？」

　突然、沙奈から思いもよらぬことを言われ、目を瞬かせる。

「いまどきバツのひとつやふたつ珍しくないでしょ？」

　なんてことを口にするのだろう、としばし絶句したのち、ふと思った。両親が結婚したのはお見合いがきっかけだった。互いによく知らないまま一緒になり、結局離婚したけどその代わりに母は自由を手に入れた。

結婚したって離婚する手がある。嫌なら別れればいい、そんなふうに思うのは世間的に無責任だと言われるかもしれないけれど、人生まだやり直しがきくと思えば……。

素敵な出会いに結婚も諦めなくていいんだ！

そう思ったら暗闇に光が差し込んで、パッと気持ちが明るくなった。

たとえ桐ヶ谷さんと結婚したとしても、わがまま娘を演じ続けていればきっと彼も音を上げるに違いない。「離婚だ！」そう言われればこっちのものだ。

「離婚ね、それは名案だわ」

「え、ちょっと、莉子？　今の冗談だからね？」

私が真に受けるものだから沙奈が困惑して慌てる。そんな彼女ににこりと微笑んで、桐ヶ谷さんが迎えに来るのを待つことにした。

「今夜は食事にお付き合いいただいて、ありがとうございました。美味しかったですね」

「ええ、そうですね、ごちそうさまでした」

お見合いのときは和食だったから、今回はフレンチにしようということで彼が予約を入れた店に入って食事をした。桐ヶ谷さんは和食もそうだけれど洋食のときもマナーは完璧。それに所作が綺麗で、本当に育ちの良さが窺えた。

食材についてもどこの原産が美味しいとか、名前の由来などを知っていてその博学な話につい聞き入ってしまった。

食事を終えて店を出る。時刻は二十二時。独身の頃は門限があった。それがちょうど今の時間。

そっか、もう結婚したんだから門限なんて気にしなくてもいいんだ。私の荷物は桐ヶ谷家のお手伝いさんがちょくちょくうちに来て、あらかたマンションへ運んでくれたし、このまま私は彼のうちへ行くだけ……。

「じゃあ、帰りましょうか、早くリフォームした部屋を見てもらいたい」

「え、ええ」

一気に緊張の波が押し寄せてきて、胸に手を当ててグッと摑む。そんな私の背中をそっと押し、車の助手席を乗るように促された。

桐ヶ谷さんの住むマンションは六本木《ろっぽんぎ》にあった。六本木といえば多くの富裕層が住んでいるイメージが強い。そして彼のマンションは大手不動産企業が展開する四十階建てのハイグレードマンションで、二十四時間常駐しているコンシェルジュとセキュリティーも完備されている。スパやフィットネスも充実していて、最上階には居住者とゲスト専用のスカイラウンジもあった。

エレベーターに乗って、桐ヶ谷さんの部屋がある三十八階に到着する。

「さ、どうぞ、今日からここがあなたの家だ」

カードキーを差し込み、ピッと施錠解除の電子音が廊下に響く。

「お邪魔します」

ドキドキしながら玄関へ入るとオートセンサーで照明がついた。埃ひとつ落ちていない大理石でできた廊下がリビングへ向かって伸びている。

昔ながらの日本家屋の造りの家で生活していたから、こんな近代的な空間は違和感でしかない。

「リフォームした部屋はこっちです」

桐ヶ谷さんに案内されてリビングへ出る。間取りは4LDK。二十帖くらいありそうなリビングは広々としていて、中央にラグを敷いたガラスのローテーブルと革張りのカウチ、壁掛けの大型テレビがまず目に入った。あまり物も多くなく、小綺麗だけどなんだか殺風景に感じた。

ん？　これは……。

英国スタイルの木製チェストの上で、ひときわキラリと輝くものに目がいった。

手のひらサイズの緩やかな曲線を描いたガラスのトロフィーに〝Company Award for sales division of Annual MVP〟の文字が刻まれていた。

桐ヶ谷さんは呉服営業部で常に成績が良く、だから今の地位に立っているのだろう。

こんなふうに飾ってるくらいだから、きっと大切にしているに違いない。その証拠に綺麗に磨かれていて、指紋や埃ひとつついていなかった。

桐ヶ谷さんが突き当りにある木目調の横開きドアをそっと開くと、ふわっといい草の香りとともに真新しい畳の和室が目に飛び込んできた。

部屋の窓には張り替えられたばかりの障子、私の希望通り花や掛け軸などを置く床の間もあり、洋風のリビングから一気に和の空間が広がった。

部屋の壁紙は手触りが感じられるような和紙製で、実家の和室よりもデザイン性が感じられる。

部屋は素晴らしく素敵だ。透かし彫りの欄間は美しい花模様でずいぶん手が込んでいる。けれど、私には桐ヶ谷さんに嫌われて離婚を切り出してもらうという計画がある。感心している場合じゃない。

「このお部屋、私室として使ってもいいんですよね？　私の部屋なら今後勝手に入って来ないでくださいね、とりあえずお世話になります」

ぞんざいに言ってふと顔をあげると、じっと私を見つめる桐ヶ谷さんと目が合う。

和室をわざわざリフォームして用意してくれたのだからお礼くらい言ったほうがいいだろうかと思っていたそのとき、彼の唇の端があがりその瞳がギラリと鈍く光った。

「まったく、躾のなっていないお嬢様だな」

え？

「俺はお前の世話をするつもりは一切ない」

その温度を感じない低い声音に一瞬、桐ヶ谷さん以外の第三者がいるのかと思った。けど、彼以外誰もいない。

「桐ヶ谷家のお抱え工務店に依頼してこの部屋を造らせたんだ。感謝しろよ？　まぁ、この部屋はお前のものだ。適当に使ってくれ」

……は？　この人、誰？

前髪を掻きあげながらふんと鼻を鳴らす彼から、まるで別人のような雰囲気が漂っている。それに口調もがらりと変わって、お見合いで出会った物腰柔らかで紳士的なあの姿は影も微塵もない。

「それに勝手に部屋に入るな、と言われるまでもない。お互いに干渉しない条件だったたろ？」

口をパクパクさせ、その豹変ぶりに呆気にとられている私がおかしかったのか、桐ヶ谷さんは不敵にクスリと笑った。

「わ、私を騙して、猫被っていたんですか⁉」

あまりにも動揺しすぎて声が上ずる。そんな私に桐ヶ谷さんは「はぁ」と深くため息をついた。

「騙す？　人聞きの悪いこと言うなよ。誰でもああいう場所では余所行きの顔をするもんだろ？」

余所行きの顔って、お見合いのときと全然違いすぎるじゃない！

私もお見合いをぶち壊そうと目論んでいたけど、本性を偽っていたなんて……詐欺よ、詐欺！

まったく気づかず迂闊にも紳士的だなんて思った私が馬鹿だった。いきなり見せつけられた桐ヶ谷さんの本当の姿にわなわなと拳が震える。

「大方、俺に見合いを断らせようって魂胆だったんだろ？　ふっ、面白いな」

完全に私の考えは読まれていた。桐ヶ谷さんは私が思っている以上に一枚も二枚も上手だったようだ。

目の前に桐ヶ谷さんの顔が迫る。驚いて身を引こうとしたけれどすでに後頭部に大きな手を回され、動けなくなった。

「な、なにす……んっ」

まさか、と思ったときにはもう遅く、気づけば桐ヶ谷さんにキスで唇を塞がれていた。それと同時にふわりと大人な男性の色香を交えたフレグランスが鼻を掠め、胸がさらに高鳴りを増していった。

唇が柔らかなもので覆われ、私は目を見開いて硬直する。

あまりの驚きに、息をすることすら忘れた。おかげで声も出なければ吐息も漏れず、室内は恐ろしいほどの無音に包まれた。

自分がなにをされているか理解できず沈黙が続くこと数秒。私がピクリとも動かないことを不審に思ったのか、桐ヶ谷さんが唇を離して私の顔を覗き込んできた。強張った私の顔を見た桐ヶ谷さんは平然と「どうした？」と首を傾げる。

「震えてるぞ？」

今は冬でもなく、むしろ夏に近い時期で寒さを感じるわけがないのに、私の指先は氷のように冷たくなっていた。親指の腹で頬をなぞられ、それだけで大げさなくらい身体がびくつく。

は、初めてのキスだったのに……こんな、こんな簡単に奪われるなんて！

この二十四年間、恋人と呼べるような特別な人がいたこともなく、恋愛偏差値も底辺の底辺だ。だから自分の中で初めてのキスに甘い妄想を膨らませ、そのときを楽しみにしていたというのに、その淡い妄想は消え去り、意図しない結婚相手に奪われるという現実に呆然となる。

「なんで、なんでキスなんか……」

やっと口から切れ切れに言葉が出ると、桐ヶ谷さんは勝ち誇ったように笑みを浮かべた。

「なんで？　したかったからしただけだ。干渉はしない、けど手を出さないとは言っていないからな。それに俺たちはもう〝夫婦〟だろ？　一応な」

桐ヶ谷さんが言い終わったのと同時に、バチンと乾いた音が部屋に響く。

「……今の、強烈なビンタだったたな」

ほんのり赤くなった頬をさすり、彼がニッと笑いながら私に向き直ると、無意識に手を出してしまったと我に返る。

「夫婦って言っても、全然そんな気持ち私にはありませんから！」

発狂しそうになるのを奥歯を噛んでなんとか堪える。

「ああ、それはかえって都合がいいな、互いに干渉しないということは、互いに恋愛感情も持たないということだ。そのほうが気楽でいい」

桐ヶ谷家に借りがあるとはいえ、こんな傍若無人に振る舞われてはたまったものじゃない。けれど、私の父の前では紳士な桐ヶ谷さんなのだろう。私が彼の本性を父に話したところで信じてくれるかわからない。

「誰が恋愛感情なんて持つものですか！」

精一杯の感情をぶちまけて声を荒らげたつもりだったけれど、桐ヶ谷さんは眉ひとつ動かさず、ただ唇の端を緩める。

「ふぅん、もしかして、初めてだったのか？」

「なっ……」

身を軽く屈め、長い人差し指でつっと唇をなぞられる。間近で聞こえたその声に耳をくすぐられた気分になった。

図星を指され、首筋からカッと熱があがってきて耳たぶが熱くなる。頬も赤くなっているのがわかって慌てて一歩身を引いた。

「ふっ、いい反応するじゃないか」

桐ヶ谷さんは楽しげな口調でさらに告げる。

「確かに、恋愛感情は持たないと言ったが、お前がその気になったら……そのときは可愛がってやる。莉子」

急に甘さを交えた声音で名前を呼ばれ、ドクンと大きく心臓が波打った。

なに、今の……。

たかが名前を呼ばれただけだ。それなのに、彼のペースに巻き込まれそうになって小さく震える息を呑み込む。

「この結婚は父の勧めで私の意思とは関係ないですから！　たとえ苗字が同じでもあなたは所詮血の繋がりのない他人よ、だから今後も〝桐ヶ谷さん〟ってお呼びします！」

これ以上、彼の前に立ってることができなくなって私は用意された和室へ飛び込むと、素早く後ろ手で戸をピシャリと閉めた。

最低！　最低！

和室には押入れがあり、中を見てみると上質な布団が畳まれて置いてあった。私は普段ベッドで寝る習慣がないため、布団はありがたかった。さっさと布団を敷くとそのまま身体ごと突っ伏した。

あんな人が私の旦那様なの？

枕に顔を埋めて唇を噛み締める。ドアの向こうにはもう彼の気配を感じない。何度も私のため息を真新しい枕に染みこませ、しんと静まり返る部屋で絶望に浸っていた。

お見合いで出会った紳士は仮面をかぶった傲慢御曹司だった。

しかもあんな軽々しくファーストキスを奪われてしまった。あまりの驚きにあのときの唇の感触すら覚えていないけれど、切れ長の目を細め『莉子』と名前を呼ばれたときのあの不思議な感覚だけはまだ残っていた。

なんとしてでも離婚してもらうんだから！

私は桐ヶ谷さんから離婚を切り出してもらうため、様々な作戦を悶々と頭の中で巡らせるのだった。

第三章　事件勃発

翌日。

「え？　桐ヶ谷さんが？　冗談でしょ？」

出勤早々沙奈から「新居に引っ越ししてどうだった？」と食いつかんばかりに尋ねられた。私も誰かに話したくてうずうずしていたため、さっそく昨夜の出来事を話したら、案の定、信じられないといったふうにケラケラと笑った。

「もう、笑わないでよ、本当の話なんだから」

今日は今朝から大雨で客足も芳しくなかった。ふらっと立ち寄って店内を見ていこうかという余裕のあるお客さんも少ない。先ほどまで着物を物色していたお客さんもなにも買わずに店を出て行った。時間だけが雨の音とともに過ぎていく。

「で？　オーナーには話したの？」

オーナーとは父のことで、私以外の従業員は皆オーナーと呼んでいる。

『今日は、取引先の社長と会議なんだ。一日店にいないからよろしく』と今朝、父から言われた。とりあえず桐ヶ谷さんのことは置いておいて「わかりました」と返事をすると『穂高君とうまくやりなさい』と言われ、父もひとり娘の結婚生活の始まりを少しは気にかけているのだと思うとやりきれなくなった。

あんな人とうまくやれるわけないじゃない。

昨夜のことは思い出すだけでもイライラしてしょうがない。あのキスだって……。

「お父様にはなにも。けど、私、絶対あの人とは離婚する。こっちから離婚を切り出せない立場だってわかってて、わざとあんな態度を取るなんて卑怯よ」

「うーん、桐ヶ谷さんって私たちの前ではすごく紳士だったよ？　おまけに仕事だってできる人でね、親の会社から特別扱いされてるわけでもないのに営業成績は毎年トップでさ、元々実力のある人だったってことよね」

そういえば、リビングのチェストの上にガラスでできた綺麗なトロフィーが飾ってあったのを思い出した。ＭＶＰと刻まれていたから、仕事ができる人なのだというのはわかった。

「会社で表彰されたこともあるみたいね、部屋にトロフィーがあったよ」

「あ！　あれね」

沙奈が思い出したかのようにパンと手を叩く。

「去年の社内表彰式のよ、ＭＶＰってすごく獲得するのが難しいみたいだけど、あれは桐ヶ谷さんの努力の結晶みたいなものね、きっと後生大事に持ってるんじゃない？」

「ふぅん、そうなんだ」

桐ヶ谷さんは沙奈の元上司だった人だ。彼の仕事ぶりは毎日のように見て知っているのかもしれないけれど、私には関係ない。

私の結婚は前途多難だ。先々の幸せどころか離婚を目指してさっさと桐ヶ谷さんに見切りをつけてもらわなければ、私の描く幸せにはたどり着けない。

あんな傲慢で不遜な人と一生をともにするなんてありえないんだから。

今日もそつなく仕事をこなし、戸締りをして店の外に出る。

「おかえりなさいませ」

「すみません、ありがとうございます」

仕事への送り迎えは運転手兼桐ヶ谷さんの秘書である坂木《さかき》さんという男性がしてくれることになった。しかもいつも時間ぴったりに迎えに来てくれる。

「こちらへどうぞ」

坂木さんは両手を前で合わせ姿勢よく車の前で私を待っていて、それから恭しく後部座席のドアを開く。あまり人からそんなことをしてもらったことがなくてぎこちない。

『私が出かけるときは必ず車で運転手をつけて――』

確かにそうお見合いのときに言ったけど……。

坂木さんは元々警察官で小柄な割に筋肉質でがたいがいい。運転手、秘書兼SPといったところだ。歳は五十代でまだまだ若く見える。今朝、店に向かう前に桐ヶ谷さんから彼を紹介されたとき、無駄口を叩かず、いつも唇をへの字に結んで仕事をしている気難しそうな人だと思ったけれど、時折見せる笑顔が優しくてけして悪い人ではないのだろうと感じた。

坂木さんに見送られマンションに帰宅する。部屋は暗く、まだ桐ヶ谷さんは帰ってきていないようだ。仕事の休憩時間にサンドイッチを摘まんだから特に空腹というわけでもない。リビングのソファに座ったり、テレビをつけてみたりしたけれどなぜか落ち着かない。ふと、チェストの上に置いてあるトロフィーに目がいく。

『MVPってすごく獲得するのが難しいみたいだけど』

『桐ヶ谷さんの努力の結晶みたいなものね』

沙奈が言っていたことを思い出して、そっとトロフィーを手に取ってみる。

あんなぶっきらぼうな人だけど、会社では部下から信頼されて仕事だってすごくできる人なんだよねきっと。

『桐ヶ谷さんって傲慢だし態度でかいし、すっごく嫌な人だった』と、今日お見合いの感想を沙奈に話した。でも、まったく信じてもらえなかった。会社で見せている桐ヶ谷さんは偽りの姿だ。みんな騙されている。

じゃあ、どうして私の前では本当の姿を見せるの？

自分を良く見せたい相手だったら猫を被るのはわかる。

でも、私にだけあんな態度を取るなんて、結局どうでもいいって思われてる証拠よね？

別にお互い干渉しない約束なんだし、どう思われても……。

「おい、そんなの持ってなにしてるんだ？」

「きゃ！　わっ」

誰もいないと思っていたのに、いきなり背後から低い声をかけられて肩がビクリと跳ね上がり、驚いた拍子にトロフィーが手元から放り出される。そして。

ガシャン。

派手な音を立てて、水が飛び散るようにトロフィーが大理石の床の上で砕けた。

う、嘘でしょ……。

一部始終がスローモーションのようにゆっくり見えたはずなのに、それはあっという間の出来事だった。

振り返ると、桐ヶ谷さんがいつの間にか帰宅していて無残な姿になってしまったトロフィーを無表情で凝視していた。

「ご、ごめんなさい！」

私は慌てて床に散らばったガラスの破片を拾い集めようと手を伸ばす。

「それに触るな！」

少し焦ったような口調で言われたのと同時に指先にチリッとした痛みが走った。反射的に手を引っ込め、見ると人差し指の先にプツリと小さな血珠ができていた。

「まったく、素手で割れたガラスを触るやつがいるか、馬鹿。こっちに来い」

口調を荒らげ、強引に私の腕を取ると、キッチンへ向かった。

トロフィーは名誉ある証。沙奈が言うようにきっと大事にしていたはず。

あぁ、私、なんてことを……。

傷口を水道水で洗い流されながら、安易にトロフィーに触ってしまったことを後悔した。

「傷はそんなに深くなさそうだな」

ホッとしたように彼が柔らかく口元に笑みを浮かべ、目が合うとドキリと心臓が跳ねた。

桐ヶ谷さん……。

こんなふうに笑ったりするのね。

彼と生活をともにして間もないけれど、からかい交じりの笑いしか見たことがない。だから不意に見せられた自然な表情が意外だった。

「ちょっと切ったくらいで大げさですよ」

傷口を洗い流して見てみると、ほんの少し指が切れているだけだ。それなのに桐ヶ谷さんは真剣な顔をして絆創膏を貼るものだからつい笑みがこぼれた。

「ちょっとの傷口でも細菌が入れば指を切り落とすことになるぞ？」

そう言われてギョッとした顔をすると、桐ヶ谷さんがクスリと笑った。その瞬間、またドキンと心臓が跳ねた気がして、咄嗟に胸に手をあてがう。

「あ、あの、ありがとうございます。それと……本当にすみませんでした。軽々しく触ったりなんかして、私、なんてことを……」

トロフィーは栄誉や名誉の象徴だ。二度と同じ物は手に入らないかもしれない。

「お金でどうこうなるものではないのはわかってます。けど、せめて弁償させていただければ……大事なものなんですよね？」

私が割ってしまったものは普段使いのコップやグラスなんかじゃない。彼が大事にしている貴重なものだ。そう思うと罪悪感に呑み込まれそうになって、顔を強張らせる。けれど。

「別に」

桐ヶ谷さんの表情から先ほどの笑顔はすっかり消え失せ、動揺する私に短く言った。そして淡々とフローリングモップでガラスの破片をかき集め、雑に紙に包むとそのまなんの躊躇もなくゴミ箱へ捨ててしまった。

「大事なものなんかじゃない」

「だって、すごくピカピカに磨かれてたし……」

「ハウスキーパーが勝手に磨いてるだけだ。それに、父親の会社から表彰されたって嬉しくないからな。これを見る度にムカついてしょうがなかったし、処分するにはいい機会だった」

てっきり怒鳴り散らして怒られるかと思っていたのに、桐ヶ谷さんの反応は底冷えするほど冷たかった。

これを見る度にムカつくって、どういうこと？

桐ヶ谷さんはどことなく切なげな表情をしていて、怒る気にもなれないくらいなのかと思うと申し訳なさが募る。

「処分だなんて、せっかくいただいた賞なのにどうしてそんなことを？」

「お前には関係ない」

関係ない。確かにそうかもしれないけれど、突き放すような言い方をされて胸がチクリとする。

「そんな、ＭＶＰってすごいことだって……お父様の会社だろうが、力量を認められたのは事実なんでしょう？　うちの店に桐ヶ谷百貨店の元社員の子がいるんです。彼女が言ってましたよ、桐ヶ谷さんは信頼できる憧れの上司ナンバーワンだって」

それを聞いた彼は自嘲気味にふっと小さく笑った。

「憧れの上司ね、くだらないな。俺が会社の跡取りだからそういう目で見てるだけだろ」

吐き捨てるような言い方にムッとする。

「そんな、くだらないだなんて言い方しないでください」

勢いに任せて口を開いたものの、自分でもどうして彼にこんなお節介じみたことを言っているのかわからなかった。沙奈の純粋な気持ちを踏みにじられたような気がしたから？　自暴自棄気味な彼に説教がしたかったから？　考えてみてもいずれも違う気がする。

「ふぅん、今日はやけにおしゃべりなんだな。もう一度口を塞いで黙らせたほうがいいか？」

「えっ」

動揺する私を見て、彼が唇に薄い笑みをのせた。

どうやら、あのトロフィーは桐ヶ谷さんにとってはなにかの地雷のようだ。これ以上もう踏み込んでくるな、と無言で制されているのがわかる。それなのに、なぜか胸がざわついて気になってしょうがない。

「あの、桐ヶ谷ホールディングスに問い合わせたら、同じものを作り直してもらえるでしょうか……私――」

なんとかして詫びなければという思いで必死だった私の言葉が、拳を壁に叩きつける鈍い音で遮られる。

「余計なことをするな。関係ないと言ってるだろ」

彼の目つきが剣呑なものに変わり、地響きのような低い声につっと嫌な汗が背中を伝う。一見無表情にも見えるけれど、その顔の下に透けて見えるのは明らかな怒りだった。そして桐ヶ谷さんは眉間を狭めたまま、それ以上なにも言わずに自分の部屋へ入っていった。

私、なにじてるんだろ……そうよ、お互いに干渉しないって約束だったじゃない。冷静になると、桐ヶ谷さんに拒絶された意味をやっと呑み込むことができた。しんと静まり返る部屋にはぁとため息が漏れる。

同じものを作り直して弁償するだなんて、そんな簡単に済むようなことじゃないよね。

だから桐ヶ谷さん、怒ったのかな……はぁ。

ため息とともに肩が下がる。

離婚したいと思っている相手なのだから、そんなこと放っておけばいいものの、なぜかできなかった。あんなふうについムキになってしまったのは、彼の瞳の奥に寂しげな影を見た気がしたから。

あぁ、もう！　とにかく、桐ヶ谷さんと離婚することだけを考えよう。

私は頭の中にあるモヤモヤをすべて片隅に追いやって、サッパリしようとシャワールームへ向かった。

――離婚のきっかけ特集、高価な物を爆買いする妻に愛想を尽かした夫たち。

先日、そんな記事の見出しが目に留まり、ある雑誌を購入した。そして、その記事に書かれている通り、私は秘書の坂木さんに頼んでトータル数十万はする買い物をした。欲しい物があれば、すべて桐ヶ谷さん名義で購入することができる。だから、ここぞとばかりに有名作家が作った高価な抹茶茶碗や床の間に生ける花を飾るため、前から欲しかったブランド物の花瓶を躊躇なくあれこれ購入した。さぞかし坂木さんもとんでもない妻だ、と思ってるだろうと思いきや、『かしこまりました』と言うだけで特に顔色ひとつ変えることもなく淡々としていた。

「ふぅん、それで買ったものっていうのはこれのことか？」

数日後、注文した商品が届き私はわざと買い物をした物をリビングのテーブルの上に広げて見せた。ソファに座る桐ヶ谷さんがまじまじと腕を組んでそれらを眺めている。

「ええ、好きなときに好きな物を買ってくれるという条件でしたので、遠慮なく買い物させていただきました。ふふ、これなんか見てください、陶磁器でできてるんですよ」

前から欲しかった花瓶が目の前できらめいている。やっと手に入れたという喜びに思わず頬が緩む。おそらく父なら「こんな花瓶に高い金出して！　いったいいくらしたんだ」と怒るところだ。

「それから、来週には新しい桜崎流雲《さくらざきりゅううん》の掛け軸が届きます」

桜崎流雲とはどの作品も数十万は下らない有名な高級掛け軸作家で、骨董品で出回っているものは数百万にものぼるものがあるという。

私は掛け軸を季節ごとに掛け替えるのが好きで、コレクションしているけれど二十四歳にしてはなかなか渋い趣味だと自分でも思う。

「きっと坂木さんも口には出していませんでしたけど、金遣いの荒いわがままな妻だって思ったでしょうね、でもこれも私の性格、個性みたいなものですから」

雑誌の特集では『勝手に高価な買い物をして、彼女と今後一緒に生活していけるか不安になった』『当たり前のような態度でこのとき離婚を決意した』などなどのことが並べられてた。きっと桐ヶ谷さんも同じように思っているはず……。

わざとツンツンした態度を取ってみるけれど、桐ヶ谷さんの表情は特に変わらない。

あれ？　おかしいな、なんだか反応が予想と違う？

それともあまりにも呆れ返って言葉も出ない？

そんなふうに思っていると、「車の一台くらい買えばいいのに」とニヤリと笑ってとんでもないことを言ってきた。

「く、車⁉」

「あ、でもお前免許持ってないんだったか」

声を立てて笑われるとなんだか馬鹿にされた気分だ。いきなり妻が数十万の買い物をしたら普通はびっくりするものだと思ったけれど、私と彼の金銭感覚は桁が違うようだ。

「あの、こんな高価な買い物を勝手にして怒らないんですか？　わがままも大概にしろ、とか……」

「こんなことでいちいち怒ったりしない。逆に可愛いもんさ、いくらでも聞いてやる」

桐ヶ谷さんがスッとソファから立ち上がる。

もしかして、わがままなお買い物作戦失敗ってこと？

あぁ、悔しい！　絶対離婚だって言わせてやるんだから！

また新たな作戦を練らなきゃ……。

口をへの字に歪めている私の頭にポンと手をのせ、桐ヶ谷さんは悠然と見下ろし、微笑んだ。

翌日の朝。

桐ヶ谷さんはいつも私より先に家を出る。毎日ピシッとクリーニングされたスーツを着こなし、鏡の前でネクタイを結ぶ彼を見ていると不本意ながら凛々しく感じてしまう。スラッと背が高く、中肉中背で肩幅もなさすぎずありすぎず、清潔で爽やかな黒髪できっと着物や浴衣も似合うはず……なんて思っていると。

「莉子さん、その指どうされたんですか？」

ＫＡＭＩＹＡＭＡへ出勤する車中、坂木さんに注文しておいた商品が届いたとお礼を言い、しばらくしたのち彼が運転しながらバックミラー越しに尋ねてきた。坂木さんも慣れてきたのか、初めの頃に比べたらずいぶんと打ち解けて話すようになった。

「これは……」

桐ヶ谷さんのトロフィーを割ってしまったときに切ってしまった指には、まだ絆創膏が貼られている。もう平気だというのに、桐ヶ谷さんに「完全に傷口が治るまで貼ってろ」と言われ、お互いに干渉しないという約束のはずなのに、彼はやけに心配してきた。

「先日、桐ヶ谷さんのＭＶＰのトロフィーを壊してしまったんです」

「えっ!?」

ボソッと呟くように言うと、いつも冷静な坂木さんが珍しく声を出して驚いた。そしてポカンと開いた口を隠すように軽く口元に手をあてがう。

「そのようなことが……そうですか」

当然、坂木さんも彼が受賞したことは知っているはずだ。だから名誉あるあのトロフィーを壊したなんて聞いたからひどく動揺してるのだ。さすがに私もまだ尾を引いている。俯いて絆創膏の貼られた指に視線を落としていると、突然、坂木さんがクスリと笑った。

「穂高様も、これでMVPの呪縛から解放されたことでしょうね」

「呪縛?」

視線をあげると、少し言い淀んで坂木さんが口を開いた。

「MVPとは名ばかりで、あれは穂高様のお父様である取締役社長からのプレッシャーなんですよ。もちろん、受賞するに値するくらいお仕事の成績は優秀な方ですが、いつもあのトロフィーを見る度にため息ばかりついておられましたので……」

確か桐ヶ谷さんには心臓外科医でアメリカ在住の弟がひとりいると聞いていた。ということは必然的に桐ヶ谷さんが会社を受け継ぐことになる。彼は次期社長なのだ。

将来、あんな大きな会社を担うとなると、相当親からも上層部からも圧力をかけられているに違いない。

「桐ヶ谷さんは、あまり人を信用していないんじゃないでしょうか、自分の部下でさえも」

『俺が会社の跡取りだからそういう目で見てるだけだろ』

今でもあの言葉が胸の奥で引っかかっている。MVPを手にしたことで、どうせ身内だからと妬みの目を向けられ息苦しく思うこともあったのではないか、それが〝呪縛〟の意味だったとしたら、なんとなく坂木さんの言っていることが理解できたような気がした。

「人を信用していない、ですか……」

そう言われて坂木さんも思い当たる節があるのか、しばらく考え込む素振りを見せた。

「会社の跡取りというのは大変な重圧です。現社長は立派な方ですから、比較されるようなこともあったでしょう、それに桐ヶ谷の肩書だけで言い寄ってくるような女性もいましたし、いつの間にか相手の考えを見透かすような癖がついてしまったのかもしれません」

坂木さんは桐ヶ谷さんを幼い頃から世話役として見てきたという。だから、本当の彼の姿は坂木さんが一番良く知っているのだろう。

「穂高様は桐ヶ谷の嫡男として敷かれたレールを踏み外さずに歩んでこられました。ですから莉子様、どうか支えになってください」

「……はい」

そう返事をする自分が嫌だ。こんなふうに言われたら、結婚したときから離婚を考えてますなんて言えなくなる。

親が勝手に決めた結婚なんて絶対嫌。離婚して、今度こそ素敵な人を見つけるんだから……。

その呟きは坂木さんの耳に届くことなく、胸の中で消えていった。

「え？　離婚したくなる妻？」

仕事が終わり、坂木さんが迎えに来るまでの間、私は沙奈にそれとなく離婚するためのヒントを得るべく尋ねてみた。

「この前、すっごく高い買い物をしたつもりだったんだけど、桐ヶ谷さん全然動じなくて……高価な買い物を勝手にする妻に愛想を尽かしたって雑誌に書いてあったんだけどなぁ」

首を傾げる私に沙奈が苦笑いする。

「そんな雑誌に書いてあることを実際実行して離婚しようとするなんて、莉子って単純ねぇ、でもそれだけ桐ヶ谷さんの包容力があるってことじゃない」

包容力?

もしそうだとしても、あんなふうに勝手にキスするような人、絶対許せないんだから。

「そういえば食事とかどうしてるの? 作ってあげてるの?」

沙奈に聞かれて押し黙る。

記憶にある限り、まともに料理をしたのは家庭科の授業でやったときくらいだ。

昔、父にカレーライスを作ったことがあったけれど、レトルトを湯煎してご飯にかけただけというものだった。そうとも知らず父は『美味しい』『莉子は料理が上手だな』なんて言って、いまだに私が料理ができる娘だと思っている。

はぁ、別に騙したつもりはないんだけどね。

顔を曇らせていると、私が料理音痴ということを思い出したのか沙奈が「聞いた私が悪かった」とため息をついた。

「妻の料理がまずいと旦那もだんだん外食が増えて離れてくって言うからねぇ」

「え？　料理がまずいとそうなるの？」

ふと、沙奈が口にした言葉に耳がピクリと傾く。

「それ、もっと詳しく聞かせてくれない？」

沙奈の話によると、あまりにも料理が下手すぎてついには旦那に逃げられた友人がいたらしい。桐ヶ谷さんは育ちも良し、きっと美味しいものをずっと食べてきたはず、それなのに自分の妻が料理ができなかったら、きっと耐えられないに決まっている。それに私の場合、演じなくとも壊滅的に素で料理ができない。それを彼にアピールすれば……。

「よし！　今度は料理作戦よ」

拳を握る私に、沙奈は呆れ顔でやれやれと首を振った。


いくらレシピを目の前に見ながら料理をしても必ず失敗する。どうしたらこうなってしまうのか自分でもわからない。

結婚してから彼に料理を振る舞ったことは一度もない。そもそも家事はしないという条件だったし、桐ヶ谷さんは大抵朝はコーヒーだけで済ませ、あとは外食のようだ。

帰宅してから自分の料理音痴具合を確かめようと、キッチンに立ち一応オムレツを作るつもりで割り入れた卵をかき混ぜた。

そして約一時間後。

で、できた！

ほうれん草とひき肉のふわふわチーズオムレツ……と言いたいところだけど、実際目の前にあるのは形の崩れた卵焼きのような物体。ほうれん草も卵に包まれておらず、焦げたひき肉と一緒にデロッとはみ出している。別にわざと失敗したわけじゃないし、レシピだって見ながら料理した。

ここまで料理ができないって、ある意味才能かも……。

これは褒められたことじゃないのはわかっている。肩を落としていると、玄関から桐ヶ谷さんが帰宅した気配がした。

「おかえりなさい」

「あぁ、ん？　……なんか焦げ臭いな」

鼻先をクンクンとさせ、彼がキッチンに近づいてくる。そして見事に失敗したオムレツを見て一瞬目を瞠った。

「なんだそれは」

「オムレツです」

「……は？」

どこをどう見たらオムレツに見えるのか、と言いたげな表情で彼はチラリと私を一瞥した。

「肉が焦げてるな」

焦がそうと思って焦がしたわけじゃない。うっかりレシピに見入ってしまい、気づいたらこうなっていた。

はぁ、やっぱり慣れないことはするものじゃないわね。

すると、なにを思ったのか桐ヶ谷さんが突然スプーンを引き出しから取り出して、失敗作のオムレツを掬ってパクリと口に運んだ。

え？　桐ヶ谷さん、食べちゃった⁉

味見なんてしてないからどんな具合か保証もできないというのに、桐ヶ谷さんはうーんと唸りながら苦々しい顔をして「まずいな」とひとことだけ口にした。

やった！　これで料理できない妻確定！

普通は夫にこんなこと言われたら落ち込むのだろうけど、私の場合は離婚の原因を作るため、とことん呆れてもらわなければ困る。

「離婚を考えたくなるくらい料理ができない妻だって呆れませんか？」

試しにそう尋ねてみると、桐ヶ谷さんは腕を組んで「そうだな」と口から漏らした。

そうだな……？　そうだなって言った？　じゃあ、離婚を考えてくれ――。

「中にはそういう男もいるかもしれないが、俺の場合は料理ができないくらいで離婚の理由にはならないな」

え？

な、なんでそうなるの？

予想外の展開に目が点になる。桐ヶ谷さんは再びスプーンにオムレツを掬って二口目を食べた。

「そもそも、お互いに干渉しない約束だろ？　別に俺はお前に料理を作ってもらおうなんて期待していないしな」

そう言いつつ、桐ヶ谷さんはよほどお腹がすいていたのかいつの間にか完食してしまった。

「口が慣れれば食えなくはなかったぞ、ごちそうさま」

ニッと笑って彼は私の頭をグシャリと撫でる。もしかしたら、桐ヶ谷さんは私が離婚したいという目論見を見透かしているのではないか、という気になってきた。じゃなきゃ、こんなふうに笑ったりしない。そう思う反面、指の怪我の手当てをしてくれて心配したり、まずいものを我慢して完食したりとよくわからない行動の裏には、彼なりの優しさがあるのでは、と勘違いしてしまいそうになる。それになぜだか彼が笑うと胸が妙にざわつく。その原因がわからなくて苛立ちさえ覚える。

「桐ヶ谷さんは、どうして私と結婚なんてしようと思ったんですか？」

不意に投げかけた質問に、桐ヶ谷さんが一瞬沈黙して口を開いた。

「形だけの妻が必要だった。それだけだ」

「え……」

冷たく言い放たれ、もしかしたら彼なりの優しさなのでは、というわずかな期待を滲ませた思いが一気に吹き飛んだ。

形だけの妻？

じゃあ初めから桐ヶ谷さんはそのつもりで結婚したっていうの？

顔色を変える私を横目に桐ヶ谷さんが気だるそうに前髪を掻きあげる。

「どうせ結婚するなら体当たりできるようなタイプがぴったりだったんだ」

一歩踏み出せば体当たりできるような近距離でじっと見つめられて、私は慌てて逃げるように視線を落とした。それでも額のあたりに彼の視線を感じて落ち着かない。

「結婚するなら私みたいなのがタイプってどういうことですか？　初めから私がお見合いに興味がなかったってわかってましたよね？」

睨むように思い切って顔をあげると、桐ヶ谷さんはうっすら笑って私の頬に手を伸ばした。

「ああ、お前は最初からお見合いに興味がなかった。俺の目の前に座ったときからそう感じていた。だから話を前向きに進めようと思ったんだ」

興味がないとわかっていながら、お見合いを前向きに進めようとした桐ヶ谷さんの意図がまったく見えず呆然とする。

「お互いに干渉しないことが俺にとって最重要事項だった。そんなこと、まさか女性側から言われるなんて思ってもみなかったけどな」

頬に触れるその指先は温かいのに、ゾクリと全身に寒気が走る。

「お前が取引先の娘だからどうしても……と父に言われて渋々今回だけ応じた。案外見た目も悪くなかったしな。正直、結婚だのお見合いだの心底うんざりしていたんだ。形だけでも妻がいれば、これ以上の面倒はないだろ？」

「なっ……」

桐ヶ谷さんの口から、お見合いをした本当の理由を聞かされ私は絶句する。硬直したまま言葉が出なかった。そして彼は私が傷つく言葉を並べて話を続けた。

「俺は仕事に専念したいんだ。結婚して家庭に気を配って妻の顔色を毎回窺っている余裕なんてない。だから妻がいると周りに定着させるまではこの生活を続けてもらう」

桐ヶ谷さんは頬を引き攣らせている私を見て鼻を鳴らして笑った。

よくよく考えてみれば、初めからお見合いに乗り気じゃなかったとわかっていて、わざわざ私を妻に迎えるなんておかしな話だ。まさか、桐ヶ谷さんにそんな思惑があったなんて知らなかった。

「今すぐ私と別れて！」と勢いよく喉の奥からせり上がった言葉を一旦呑み込む。KAMIYAMAにとって桐ヶ谷百貨店は大口の取引先だ。万が一、私から離婚を切り出されたなんて桐ヶ谷さんのお父様の耳に入れば、契約を切られるかもしれない。たぶん、彼も私のそんな弱みを知っているから辛辣な態度が取れるのだ。

この人をどんな言葉で罵ったとしてもなにも響かない。氷のように硬くて冷たい心を閉ざしている。

トロフィーを壊して指を怪我したとき、桐ヶ谷さんは微笑んでくれた。なぜかあの表情が頭に残っていて、あんなふうに笑える人なのにどうして……という疑問が湧いてくる。唇を引き結んだままの私を見て、桐ヶ谷さんが小さく肩を竦めた。

「そんな顔するなよ、これでも俺はお前のことを気に入っているんだ。生意気なことを言ってきたり、ひっぱたいてきたり……お前みたいな面白い女は初めてだ」

桐ヶ谷さんの手が伸びてきて、その指先で私の頬をそっと撫でる。

「触らないで！」

反射的に彼の手を振り払い、キッと睨みつける。けれど、桐ヶ谷さんは余裕めいた笑みを浮かべただけだった。

「いい目だ。そういう気の強い反応も悪くない」

目線より高い位置からニヤリと見下ろされ、まったく知らない誰かに見えて後ずさりしてしまいそうになる。桐ヶ谷さんに声を荒らげても軽くいなされる。

だめだめ、ムキになっちゃ。わざと挑発するようなことを言って、そして私の反応を見て楽しんでるんだから。

「結婚したとしても干渉しないという条件があるにもかかわらず、なにをそんなに怒ることがあるんだ？　欲しい物があればなんでも買えばいいし、主婦がやるような家事もしなくていい。この結婚生活にお前はなにを期待しているんだ？」

まるで諭すような口ぶりに、私はキュッと唇を結ぶ。

「期待なんかしてません。ただ人生で初めての結婚が不本意なもので絶望してるだけです。私、本当は……」

悔しくて惨めで涙が出そうになった。声が震えればきっと桐ヶ谷さんはまたおかしくせせら笑うだろう。だから一旦間を置いてから続けた。

「テレビや小説に出てくるような大人な恋愛に憧れていたのに、桐ヶ谷さんのせいで私の人生はめちゃくちゃです！」

平常心の臨界点を突破してしまうと、また手が出てしまうかもしれない。だからグッと拳を握り締め、私は自室へと駆け込んだ。

最低！　最低！　最低！

夢中で布団を敷き、真っ白な枕カバーに顔を埋める。つい最近も同じようなことがあった、あれは初めてのキスを奪われたときだったか。

『形だけの妻が必要だった。それだけだ』

『妻がいると周りに定着させるまではこの生活を続けてもらう』

思い出すだけでもゾクリとするような彼の言葉が、何度も脳内再生される。埋めた顔をあげ、仰向けになると綺麗な木目をした目透かし天井が見える。けれどじわじわと視界がぼやけて気づけば目尻から涙がこぼれていた。

なんで泣いてるの私。馬鹿みたい。

父から『穂高君との結婚生活はどうだ？』『彼と一緒なら莉子はきっと幸せになれる』と言われる度に偽りの笑顔で「そうね、大丈夫よ」と、心配させたくないという一心でそう答えている。本当は今すぐにでも実家に帰りたいくらい、早くこんな生活から抜け出したい。

手帳の中に挟んでいた一枚の紙を取り出し広げる。それは、私がこっそり役所からもらってきた離婚届だった。

絶対に離婚を切り出してもらう。

一筋縄でいかないことはわかっていたけれど、予想外に桐ヶ谷さんはかなりの強敵で困惑している。

離婚届にはぁ、と重たいため息を吐きかけてそれをまた手帳の中へしまい込む。

なんだか頭が痛い。

しばらく横になっていると、急にズキズキと頭が痛み出した。きっとストレスのせいだ。全部桐ヶ谷さんのせいだ。

なにもかも、もう嫌だ。

手の甲を額にあてがって、気がつくと私はいつの間にか眠りの淵に沈んでいた。

身体が鉛のように重だるい。

障子越しに朝の緩やかな光が差し込んでいる。「起きろ」と言わんばかりに瞼の裏を刺激して、私は小さく呻きながらうっすら目を開けた。

わっ、なに……？

その瞬間、グニャリと天井の木目が歪んで一瞬吐き気を覚えた。ギュッと固く目を閉じて、再びゆっくり目を開ける。気づくと額にうっすら汗をかいていて、喉も痛い。

もしかして、風邪引いた？

昨夜、桐ヶ谷さんと険悪な雰囲気になって部屋に飛び込んだはいいけれど、そのまま着替えもせずに寝てしまったようだ。そう思い返していたとき。

「おい、まだ寝ているのか？　とっくに仕事の時間回ってるのに連絡が取れないとお前の父親から俺に電話がきたぞ？」

ドア越しに桐ヶ谷さんの声がしてハッとする。

えっ？

ぼーっとモヤがかかったような頭の中が一瞬クリアになりスマホを手に取る。時刻は店が始まる九時を過ぎ、十時になろうとしていた。そして、父から何件か着信が入っている。

大変！　寝過ごした！

今まで店に遅刻したことなんてない。ましてや寝坊なんて一度たりともなかったというのに。

慌てて身を起こそうとしたけれど、力が入らなくて立ち上がることができなかった。

布団の上に腕を立てても関節からフニャッと崩れ落ちてしまう。

「おい、なにしてるんだ」

いつまでも返事をしない私を怪訝に思ったのか、ドアが開かれそうな気配を感じて私は咄嗟に口を開いた。

「勝手に中に入ってこないでください！　寝坊しただけですから」

昨夜、散々な言われ方をして今は彼の顔も見たくない。ふつふつとしたものが再燃しそうになってつい荒い口調になってしまった。それにしても、いつも早く家を出るのに今朝に限ってどうしてこんな遅い時間まで彼が家にいるのか、と不思議に思いつつ再び布団に潜り込む。すると、桐ヶ谷さんの足音が遠のいて、玄関のドアが閉まる音がした——。

『え？　風邪引いたって？　莉子が出勤時間になっても店に現れないから、オーナー、すごく心配してたよ』

「うん、ごめん。お父様にはさっき連絡しておいたから」

クラクラする頭で父に連絡を入れると、なにか事件にでも巻き込まれたんじゃないかと危うく警察に電話をかけるところだったらしい。私がまだ家にいると桐ヶ谷さんから知らせを受けてホッとしたようだ。それから店に電話をすると沙奈が出て、迷惑をかけたことを謝罪して電話を切った。

はぁ、目眩がする。

どうやら完全に風邪のようだ。寒気はないから熱もないだろう、このまま寝ていれば明日には良くなっている。そう思って、とにかく今日一日休むことにした。

――黒五つ紋付き羽織袴を着た男性が、後ろ姿で私の目の前に立っている。憧れの白無垢を身にまとった私は幸せいっぱいの笑顔で、白無垢に合わせた真っ白な胡蝶蘭のブーケを手にしている。

『――さん』

その背中に向かって名前を呼ぶ。彼が微笑みを浮かべながら振り向くと……。

『ッ!? あ、あなたは……』

つま先からゾワゾワとしたものがせり上がってきて私の身体が一気に凍りついた。

なぜならば、私が大嫌いなあの人だったから。

『き、桐ヶ谷さん!?』

『お前は俺の妻だ。形だけの……』


「……い、おい」

遠くで声がする。ゆさゆさと身体を揺らされている感覚がして、嗅いだことのあるフレグランスの匂いに意識が引き上げられた。うっすらと目を開けると、目透かし天井が見え、その視界の端に桐ヶ谷さんの姿が映った。驚いてヒュッと喉を鳴らし、目を見開くと、桐ヶ谷さんが横たわる私の傍らで腕を組んであぐらをかいていた。

「帰ってきて早々うなされている声が聞こえて、やむを得ず部屋に入らせてもらったぞ」

障子に視線を動かすと、先ほどまで朝日の光が入り込んでいたと思っていたのに、気づくとすっかり夜になっていて室内は薄暗い。

私、一日ずっと寝ていたの？

ほんの数時間、横になって休むつもりががっつり寝入ってしまったようだ。桐ヶ谷さんが帰ってきているということは、二十二時くらいにはなっているだろう。

「今朝、起きてこなかったのは具合が悪かったからなんだろ？　今日は朝の会議が中止になったからいつもより遅い出社だったんだが、それならそうとなんで言わないんだ？」

ざっくりと眉間に皺を寄せ、私を見下ろすその視線は厳しい。

私はゆっくりと上半身を起こし、彼を睨むように視線を合わせた。

「私の具合が悪かろうと桐ヶ谷さんには関係ありませんから、だってお互いに干渉しない約束でしょう？」

『形だけの妻』と言われ、それが胸の奥でささくれ立っていたせいか、自分でも可愛げのない返答をしてしまう。すると、桐ヶ谷さんの手がスッと伸びてきて私の額にあてがわれた。彼の手はひんやりとしていて思いのほか気持ちがよかった。

「こんなときにまで条件を持ちだすな。水を持って来てやるから待ってろ」

水、と言われた途端、思い出したかのように急に喉が渇きを覚えた。しばらくして、桐ヶ谷さんがミネラルウォーターの入ったペットボトルを手に部屋に戻ってくる。

「結構です。いりません」

『一切世話をするつもりはない』その言葉が頭を過るとモヤッとして、素直にそれを受け取ることができなかった。

差し出された水から顔を背けると、桐ヶ谷さんの深いため息が聞こえた。

「汗をかいて喉が渇いているはずだ。ちゃんと水分補給しろ」

「桐ヶ谷さんは、どうして私に構うんですか？　この前トロフィーを壊したときだって、あんな大げさに手当てしたりして……」

桐ヶ谷さんの行動が理解できなくて感情が波立つ。私は震える息を呑み込んで布団の端をギュッと摑んだ。

「形だけの妻だったら、なにもこんなふうに世話焼く必要ないんじゃないですか？」

わざと皮肉った言い方をして、桐ヶ谷さんの表情を窺う。いつものような憎まれ口で言い返されるかと思いきや、陰のある表情を浮かべた。そしてしばらく押し黙ったのちに口を開いた。

「どういうわけか、お前といると飽きない。まるで〝じゃじゃ馬ならし〟みたいだ」

「それって、最終的に私を従順で大人しい嫁にするつもりですか？」

ムッとする私を見てクスクスと桐ヶ谷さんが笑った。その笑顔は、指の手当てをしてくれたときと同じような和やかさだった。それを見た瞬間、またドクンと胸が小さく跳ねて咄嗟に心臓に手をあてがう。

またた……。どうして桐ヶ谷さんが笑っただけでこんなにドキドキするんだろう。

「ほら、水を飲め」

グイッとペットボトルを目の前に出され、喉の渇きに限界を覚えた私は、今度は素直にそれを受け取ろうとした。けれど。

「あ……」

ズルリと手の中から水滴のついたペットボトルが滑り落ち、「ったく、しょうがないやつだな」と、ぶつくさ言いながら彼がそれを素早く拾い上げた。

「すみません」

摑んだつもりが手に力が入らず、申し訳なくしていると桐ヶ谷さんが小さく肩を竦めた。

「ほら、飲ませてやるから、こっちに来い」

「え？」

桐ヶ谷さんが素早くペットボトルを呷り、口に水を含む。そして、半ば強引に肩を引き寄せ、顎を上向かせると私の口を塞いだ。

「んっ……ん」

自然と流れ込んでくる水を迎え入れるように口が開き、するすると喉を通って胃に落ちる。水は冷たいのに彼の唇は熱くて、うっかり溶かされそうになる。呼吸が途切れ、手の持っていきどころも曖昧で、そして彼の腕にたどり着いて強く握った。

「ん、はぁ……」

いよいよ息苦しくなってきたところでようやく桐ヶ谷さんの唇が離れ、私は全力疾走したときのように胸を激しく上下させた。

「な、なにするんですか、また、こんなキ、キスして……っ」

「今のはキスじゃない。口移しだ」

近距離で顔を覗き込まれ、目を合わせるのも恥ずかしかったけれど、真っ赤になった顔はもう隠せない。

キスだと思ったのは私だけ。そう思うとますます羞恥に駆られる。

「そういうの、屁理屈っていうんですよ」

口の端からこぼれた水を拭うのも忘れて撥ねつけるように言うと、桐ヶ谷さんは目を細め、親指で私の口元をなぞった。

「もっと欲しそうな顔をしているな、それとも口移しじゃないほうが欲しいか？」

桐ヶ谷さんが試すようにまじまじと私を見つめる。唇をわなわなと痙攣させている私に、しばらくすると身体を揺らしてくつくつと笑い始めた。

「もう！　からかわないでください！　自分で水くらい飲めますから、部屋から出て行って」

放り投げるようにぞんざいな口調で言いながら、思い切り腕を伸ばして桐ヶ谷さんを押しのける。

「わかったわかった。隣の部屋にいるからなにかあったら今度はちゃんと言うんだぞ？」

私のことを気にかけてくれているのはわかる。でも、〝お互いに干渉しない〟その条件が頭の中でちらつく。

桐ヶ谷さんが部屋を後にすると、私は布団に顔を埋め、深いため息を染みこませた。

もう、なんなのよ……わけがわからない。

桐ヶ谷さんなんて大嫌い。絶対離婚する！　ずっとそう思ってきたはずなのに、ときたま見せる笑顔や憂いのある表情を目にすると、なぜか桐ヶ谷さんのことが頭から離れなくなる。まるで心が侵食されていくみたいだ。

考えるのやめよう、眠れなくなる。

身体の倦怠感も取れ、今朝よりだいぶ調子が戻ってきたみたいだ。きっと、お見合いしてから色々なことがありすぎて、精神的にも疲れていたのだろう。

寝る前にもう一度喉を潤そうとペットボトルに手を伸ばし、ピタリと止める。先ほどの〝口移し〟の感覚が再び蘇り、水を飲んだらより鮮明になりそうでその手を引っ込めた。

あのとき、「もっと欲しい」そう思った。水が欲しかったのか、それとも……。

あー！　もうだめだめ！　明日は仕事に行かないと、もう寝よう。

その欲望の正体が形になりかけ、私は掻き消すように首を振って勢いよく布団を被った。


翌朝。

「おはようございます。体調はいかがですか？」

店に向かうため、いつものように坂木さんが車で迎えに来てくれた。昨日、休んだ理由を桐ヶ谷さんから聞いたのか、坂木さんが心配そうに尋ねてきた。

「ええ、もう大丈夫です。ご心配おかけしました」

今朝は朝から日差しが強く、昨日一日寝ていたせいか少し頭がぼーっとする。車内はエアコンが効いていてひんやりと心地いい。

桐ヶ谷さんにお礼を言いそびれちゃったな。

朝起きたら、すでに彼の姿はなかった。いたらいたで気まずいのだろうけど。

「ご結婚されて、環境も変わってきっとお疲れになったのでしょうね」

滑らかにハンドルを切りながら、坂木さんがおっとりとした口調で話しかけてきてハッとする。

「そう、かもしれませんね……。あの、坂木さん」

「はい、なんでしょう?」

「私と桐ヶ谷さんって、夫婦っぽいですか?」

なにを突然わけのわからないことを聞いてるのだろう。自分でもわかってるけれど、周りから見たら、やはり夫婦に見えるのだろうかと気になった。お互いに干渉しないという条件は私から突きつけた。けれど、桐ヶ谷さんに『関係ない』『形だけの妻』と言われて以来、胸の奥に針が刺さったような感覚が拭えないでいる。それがどうしてかわからなくて、無性にイライラしたり虚しくなったりするのだ。

「そうですねぇ、私の場合、本当の夫婦らしくなってきたと思えるようになったのは何年か経ってからでしたよ、新婚当初はまだ友人の延長のようなそんな感じで喧嘩も絶えませんでしたけど……」

私の質問がおかしかったのか、奥さんとの思い出を懐かしく思ってか坂木さんが目尻に皺を寄せ、クスリと笑うのがバックミラー越しに見えた。

夫婦ってなんだろう。

今までそんなふうに考えたこともなかった。私の憧れている結婚と夫婦の理想は、現実とはかけ離れているのかもしれない。

坂木さんなら話を聞いてくれるかな。

物腰柔らかな雰囲気を持っているためか、つい胸の内を話したくなってしまう。

私は桐ヶ谷さんにとって形だけの妻で、干渉しない条件があって……なにより愛のない夫婦生活だと知ったら、坂木さんはなんて言うだろう。そんなことを思いながら、私は弱々しく息を吐いて呟いた。

「私、元々桐ヶ谷さんと結婚するつもりなんてなかったんです」

「……そうでしたか」

きっとハンドル操作を見誤るくらい驚くかと思いきや、坂木さんの返答は平然としたものだった。その意外な反応に私が逆に驚かされる。そして私は坂木さんの表情を窺うようにさらに話を続けた。

「周りから結婚だのお見合いだの言われてうんざりしてたって、だから私を女除けのつもりで形だけの妻にしたって、はっきり桐ヶ谷さんからそう言われたんです！」

いつも慎ましやかに上品な振る舞いを心がけているつもりなのに、身を乗り出してつい感情に引きずられてしまった。初めて見せる私の姿に坂木さんが目をパチパチと瞬かせる。

「すみません」

取り乱したことを詫びると、坂木さんがやんわりと表情を崩した。

「莉子様は、穂高様からそのように言われてきっと悲しかったのでしょう？」

悲しかった？

思いもよらぬことを言われて息が止まった。

胸に引っかかっていた原因不明のモヤモヤ。桐ヶ谷さんに言われて悔しくて憤り、涙が出た。けれど、その感情の裏に自分が失望していたのだと坂木さんに図星を指されてようやく気づいた。

「お言葉ですが、おふたりとも素直じゃないところは夫婦そろって似てますね。穂高様も穂高様です。毎日のように莉子様の話を楽しそうにするくせに、形だけだなんてそのようなことをおっしゃるとは……」

「ちょっと待ってください。私の話を毎日楽しそうにって、どういうことですか？」

てっきり私には関心がないと思っていた。けれど、坂木さんから告げられた意外な事実に目が点になる。

「莉子様が指を怪我されたですとか、風邪を引かれたですとか……元々あまり人に興味のある方ではありませんでしたので私も驚いているのですが、口ではなんだかんだ言って、きっと莉子様のことが可愛くて仕方がないのではないでしょうか？」

「そんなこと絶対にありえません！　あんな傲慢な人、私は嫌いです。それなのに可愛くて仕方がないなんて思うわけないです」

ムキになればなるほど頬の火照りが増す。顔を真っ赤にし、興奮気味な私に坂木さんは宥めるようにほのかに笑んだ。

「まぁまぁ、似た者同士ですから今はぎこちなくとも、きっとうまくいくと思っておりますよ。そんな気がするんです」

どこをどうやったらあの傲慢男とうまく渡り歩くことができるのだろうか、反発しようと口を開きかけたとき、車が店の前で止まった。

「それではいってらっしゃいませ」

後部座席のドアが開かれ、車から降りると坂木さんが恭しくお辞儀をした。

今日も一日が始まる。

昨日はみんなにも迷惑かけちゃったな。よし！　そのぶん頑張ろう。

店に着くと、まず更衣室で着物に着替える。ピシッと帯を締め気合いを入れる。

『おふたりとも素直じゃないところは夫婦そろって似てますね』

『きっと莉子様のことが可愛くて仕方がないのではないでしょうか？』

姿見鏡に映る自分の顔をじっと見つめながら、先ほどの坂木さんとの会話を思い出す。

私、形だけの妻って言われて……悲しかったんだ。

はぁ、静かに息を漏らす音だけが室内に響き、空気の抜けた風船のように肩を下げたそのときだった。

「莉子！　大変よ！」

部屋のドアをノックもせず、慌てふためきながら沙奈が部屋に転がり込んできた。

何事かと驚いて目を見開く。

「沙奈？　どうしたの？　あ、昨日は本当にごめんね、いきなり休んだりして」

「ううん、体調が良くなったなら私も安心……って、それより！」

昨日の話はさておき、沙奈がポケットに押し込まれていた紙を取り出して私に広げて見せた。

発注用紙の控え？

それを手にし、顔にハテナをつけながらそろそろと沙奈を見た。

「この前莉子が発注した着物の発注数を見て」

「発注数……ッ⁉　ひ、ひゃく⁉」

控えの用紙を左右に引っ張り、改めて食い入るように表示された数を見る。

以前までは、在庫をあまり抱えず、必要な商品を必要な量だけ必要なときに店頭に並べるという販売スタイルだった。けれど最近では展示会などの機会も減り、父の意向である程度在庫を抱えて店頭販売する方針に変わった。商品の点数が多いと、従業員の知識も養えるし、お客様に対してバリエーション豊富なコーディネートができる利点がある。けれど、在庫を抱えるにしても多くて二桁程度、私は確かに先日自分で仕立て上がりでＫＡＭＩＹＡＭＡブランドの着物を十着発注したが、どうやら桁を間違えて発注してしまったようだ。バッチリ発注者の欄に自分の名前がサインされている。

「大変、今すぐ工場に連絡いれないと――」

咄嗟にバッグからスマホを取り出そうとする私に、沙奈は力なくふるふると首を振った。

「もう遅いみたい……さっきありえない数のダンボールが店に届いてさ、それで気づいたんだから。なんとか裏の倉庫に収めたけど……」

えっ、もう納品されたの？　ど、どうしよう。

発送前ならなんとかキャンセルできるかもしれない。という淡い期待も呆気なく崩れ去る。しかも、契約上こちら都合の返品はできないことになっているのも状況の悪さに拍車をかけた。

「工場に連絡したら、一ヵ月前に発注数の再確認の電話を入れたっていうのよ、いつもより数が多いから先方も変だなって思って確認してくれたんだと思うんだけど……それを受けたのが先日辞めたパートさんだったみたいでさ」

「引っ越すからって言って辞めた人だよね？」

沙奈が肯定するようにまつ毛を下ろす。

「一週間以内に特に連絡がないようなら、このまま発注を受け付ける旨を伝言したって……彼女、工場からそういう電話があったことを連絡し忘れたまま辞めたみたいね」

ああ、なんてこと。

私はガクリを肩を落とし俯く。ミスを防げるチャンスはあったのに、それを見過ごしていたなんて。

連絡ミスも問題だけど、そもそもの原因は私だ。

今回発注した着物の原価は三十万のもので掛け率は約二倍、ということは実際の売値は六十万で並べる必要がある。販売価格としてはさほど高くはないほうだけれど、着数が違う。

つま先から全身に震えが走る。今までこんな失敗を犯したことなんてなかった。よく父からは『発注するときは桁には気をつけなさい。着物はなかなかセールでも在庫処分できない。ましてや抱えた在庫の管理も大変だからな』と口酸っぱく言われていたというのに。

若干の目眩を覚えて、額に手のひらをあてがい俯く。みるみるうちに血の気が引いていくのがわかる。倉庫にある百着の着物を確認しなければならないが、見るのも恐ろしい光景だろう。沙奈が同情を滲ませた表情を浮かべ、小さな声で切り出した。

「それでね、言いにくいんだけど……すぐ事務所へ来るようにってオーナーから言われて……」

父はすでにこのことを知って、きっと事務所で怒髪天を衝く形相で椅子にふんぞり返っているに違いない。そして私は怒りの鉄槌を受けることになる。普段、優しい父だけど、仕事のことになると厳しい。それをわかっているだけにゴクリと無意識に喉が鳴り、表情が強張る。

「わかった。教えてくれてありがとう、行ってくるね」

ここは潔く事務所へ行ったほうがいい。変に待たせてしまうと父がますます不機嫌になる。

私はその前に自分の目で届いた商品を確かめるべく、重い足取りで倉庫へ向かった。

第四章　救世主

「失礼します」

何度もパンパンと両頬を手のひらで叩き、私は緊張で顔を強張らせたまま事務所のドアをノックした。

「入りなさい」

凛とした父の返事が聞こえ恐る恐る部屋に入る。案の定、父の表情は硬くいつも私に向けてくれるような柔和な笑顔はない。怒りで顔を真っ赤にしてるかと思いきや、わずかに悄然とした面持ちで椅子に座っていた。

「なぜここへ呼ばれたかわかるか？」

単刀直入に尋ねられ、私は即座に返答する。

「……はい。発注ミスの件、先ほど聞いて確認しました。本当に申し訳ありませんでした」

「耳にしているのなら話は早い。それで、倉庫は見たか？　あの着物の山を」

事務所へ向かう途中、店の裏手にある倉庫へ行ってみた。確かに、今までこんなに在庫を抱えたことはない。天井まで届きそうなくらいに積まれたありえない数のダンボール。私はそれを呆然と見つめ、創業以来の在庫の数ではなかろうかと肩を落とした。

「着物自体はさほど高価なものじゃないが、あの数をどうするつもりだ？　捌ききれなければ店は大赤字だぞ？」

大赤字と聞いて、さっと頭の中で計算すると半分以上消化できなかった場合、数千万の損失が出る。その単位が脳内でガンガンと響き、立っているのもつらくなるくらい足が震えた。

「承知してます。この件は必ず私がなんとかします」

何度もペコペコと平謝りして腰を折る。血が繋がった親子といえど、父は店主だ。甘えた態度は取れない。

「もういい、店に戻りなさい」

「……はい」

——絶体絶命。

全身がその言葉に支配される。部屋のドアを閉める前に手を止め父を窺う。俯きながらテーブルに肘をついて頭を抱えていた。父はちょっとやそっとのことではあまり動じず、常に堂々としていたが今回ばかりはかなり堪えているようだ。

小物の発注ミスとはわけが違う。私はこの店を潰すくらいの失態を犯してしまったのだ。創業百年という古い歴史を持つこの店を、私ひとりのせいで倒産させるだなんて……想像するだけでもゾッとする。

『この件は必ず私がなんとかします』

とは言ったものの、妙案があるわけでもない。実際はどうしようかと動揺してなにも手につかないくらい狼狽えている。

これからどうなってしまうのか……。

私は、不安という暗雲が胸の中で立ち込め始めるのをじわじわと感じていた。

「ありがとうございました」

閉店時間前の最後の客が購入した商品を手に店を後にする。私は深々と下げた頭を上げ、小さくため息をついた。

こってり父から怒られたと思った沙奈が、私を元気づけるために今夜食事に誘ってくれたけれど、やっぱりそんな気分になれなくて断ってしまった。ほかの従業員からは発注ミスのことで、ひそひそ囁かれているのにも気づいている。

常連さんにあたってみようかな……。

今日は一日中ずっと発注ミスで届いた商品をどうやって消化するか考えていた。それを仕事中に出さないようにするのに精一杯で、気づけば昼食もとり忘れていたけれど、空腹も感じなかった。

顧客の中にはKAMIYAMAブランド贔屓の華道や茶道の講師がいて、年に何着か着物を購入してくれる人が何人かいる。なんだか自分の失敗の後始末をさせているみたいで後ろめたい。でも、父に言わせればこれも商売なのだろう。あんなに大きなミスをしたというのに、父は怒鳴り散らすことなく淡々としていた。元々そういう性格ということもあるけれど、逆にそのほうが見放されたみたいでグサリときた。

なんとかしなきゃ。

今日、たまたま来店したお得意さんに倉庫にある着物を見せたら、幸いにもすごく気に入ってくれて、その場で数着購入してくれた。感謝の気持ちでいっぱいになったけれど、まだまだ目処が立つにはほど遠い。

明日、いくつか取引先に電話して営業をかけてみよう。それから新規の店もダメ元であたってみようかな。

営業の業務は主に父から任された従業員が行っている。手分けして着物の卸し先を探すことになったけれど、結局従業員たちには余計な仕事を増やしてしまった。

KAMIYAMAの商品を取り扱ってくれている店はいくつかある。営業をかけ、反応がよかった場合すぐにメールで案内ができるように、私は商品の詳細を記述したメールを店の事務所でひとりで残って作成していた。すると、沙奈が帰り間際に顔を見せた。

「莉子、もう二十時だよ？ そろそろお迎えの車来るんじゃない？」

沙奈に言われてようやくパソコン画面から顔をあげてハッとする。

「うん、ありがとう。もう終わるから」

「あのさ、莉子、思ったんだけど……」

沙奈が改まった口調になる。言おうか言うまいか迷っているような表情でゆっくり口を開く。

「あまりあてにしたくないかもしれないけれど、全部引き取ってなんとかしてくれそうな人が近くにいるじゃない」

全部引き取ってなんとかしてくれる人？

それって、もしかして……。

――桐ヶ谷百貨店本店の営業部統括部長　桐ヶ谷穂高。

その名前が頭にパッと思い浮かんだと同時に沙奈と顔を見合わせると、彼女がニッと笑った。

「ま、まさか桐ヶ谷さんに……」

「そのまさかよ、これで問題解決じゃない？」

確かに、桐ヶ谷百貨店のような大口の取引先であれば、海外にも店舗があるし催事やイベントで仕入れることも可能だ。

「桐ヶ谷百貨店ならネット通販もしているはずだし、愛しの旦那様にお願いしてみたら？」

「だ、だめ！」

「莉子……」

冗談交じりにニヤニヤする沙奈の顔から表情が抜け落ちる。

「離婚したいと思ってる相手だからって意地張ってるの？　だとしたら――」

「違うの」

沙奈に誤解されたくなくて力強くブンブンと首を振って否定する。

「私のせいでみんなに迷惑かけてるのはわかってる。確かに桐ヶ谷百貨店ならあの在庫をなんとかしてくれるかもしれない、でも……できるだけのことをしたいの」

彼に借りを作るのが癪だからとか、そんなことじゃない。ただ、迷惑をかけたくないだけ……。

「ほんと、そうやって全部背負い込もうとするのは、相変わらずね」

おずおずと俯いていた顔をあげて沙奈を見る。

せっかく提案してくれたのに否定的なことを言って怒られると思ったけれど、沙奈は困った顔で笑っていた。

「莉子は頑張りすぎるくらいに頑張っちゃうところがあるから、こういう失敗をしたときが一番心配なの」

沙奈はずっと私のことを見ていてくれた昔からの友人だ。私のいいところも悪いところも全部知っている。

「ありがとう、心配してくれて。無理しない程度になんとか頑張ってみる。じゃなきゃオーナーの娘として示しがつかないでしょ？」

大丈夫だから、とにこりと微笑むとそれに安心した沙奈は事務所を後にした。

数日後。

はぁ、ここもだめ、この店もだめ……。

帰宅すると、桐ヶ谷さんはまだ帰ってきておらず私はリビングのソファに腰を下ろした。今日一日の疲れがどっとのしかかるようで、身体が重い。

着物を卸せそうな取引先のリストが並んだ用紙を、力なくぼんやりと眺める。

保留で、と言ってくれた先方もあったけれど、あまり手応えなかったなぁ。

あれから、仕事の合間に休憩時間も返上して何軒か心当たりのある店に電話をかけては営業に奔走している。けれど、なかなかすぐに首を縦に振ってくれるところもなく、眠れない日々が続いていた。難航している中でも数軒は返事はまた折り返すと言ってくれたところもあり、それ次第ではまだ希望が持てるかもしれない。

普段、店内で販売員として仕事をしているし、着物の知識はもちろん購入に繋がるような勧め方も心得ているつもりだけど、仕入先の営業となると勝手が違うし、正直四苦八苦していた。

桐ヶ谷さんに「うちの在庫を全部引き取って」と無理難題なわがままを言って、あわよくば離婚の手立てにならないかという思いも頭を過った。

やっぱり、そんなこと言えない。

これは私の失敗なんだから、自分でなんとかしないと。

わがままなんて本来の姿ではない。桐ヶ谷さんに無理を言って着物を引き取ってもらったとしても、のちのち罪悪感で耐えられなくなるだろう。

そんなふうに思っていると、玄関から桐ヶ谷さんが帰ってくる気配がした。

「なんだ、ここにいたのか、リビングにいるなんて珍しいな」

桐ヶ谷さんは前髪をさっと掻きあげ、はぁと深く息を吐いた。

疲れてるのかな……。

規模は違うけれど、お互い経営者の親を持つ身としてプレッシャーの重圧は理解できる。実際、私はミスを犯して今にも押しつぶされそうだ。「どうするつもり？」と従業員からひそひそ囁かれて、それでも自分でなんとかしようとするなんてやっぱり、沙奈の言うとおり意地になっているのかもしれない。

『おふたりとも素直じゃないところは夫婦そろって似てますね』

ふと、今朝坂木さんに言われたことを思い出す。

私が素直じゃないのは自覚しているけれど、素直な桐ヶ谷さんなんて想像がつかない。

ジャケットを脱ぎ、ネクタイを緩める彼の動作をじっと無意識に見つめる。微かに疲労感を浮かべ、寛がされた胸元からは得体の知れない色気のようなものが漂って、思わずゴクッと喉が鳴る。

「なんだ？」

その視線に気づいたのか、桐ヶ谷さんとバチリと目が合う。

「い、いえ……なんでも、ないです」

咄嗟に目を逸らしたのは、桐ヶ谷さんに魅入っていたなんて、口が裂けても言えないようなことを考えていたのがバレたようでギクリとしたからだ。次第に頬に熱を持ち始めてそれを隠すように両手で頬を挟む。

「疲れた顔をしているな、眠れていないのか？」

「え？」

一旦、逸らした視線を再び桐ヶ谷さんに向ける。すると彼が私の傍へ歩み寄ってきて顔を覗き込んだ。

「クマができてるぞ」
ク、クマ？　やだ……。
化粧を直す暇もなく一日が終わってしまい、たぶん今は崩れてひどい顔をしているに違いない。

「桐ヶ谷さんこそ、疲れた顔してますよ」

話を逸らそうとして言い返すと彼が再び重いため息をつき、どかりと私の隣に腰を下ろした。

「ちょっと仕事でトラブルがあってな、手こずってる」

てっきり「関係ない」と冷たく言われるかと思っていたら、桐ヶ谷さんは珍しくぽつりと力なく呟いた。

「仕事ができる桐ヶ谷さんでも失敗することってあるんですね」

ぎこちなく顔を向けると、桐ヶ谷さんはゆっくりと首を振って微苦笑を返した。

「いや、今回のミスは俺の部下の失態だ。けど……まぁ大丈夫だろ、俺がなんとかする」

自分の犯したミスでなくても統括部長という立場上、責務を負ってフォローしなければならないのだ。

私もマネージャーとして従業員の見本となるように振る舞ってきたし、オーナーの娘という立場もある。それなのに、発注ミスをしてみんなに迷惑をかけて、桐ヶ谷さんのようにフォローするどころか、自分のことで手いっぱいだ。

情けないな。

「俺がなんとかする」その言葉がもし、自分に向けられたものだとしたら、どんなに心強いだろう。そう思うと、急に鼻の奥がツンとして一気に目元が熱くなってきた。

「その紙はなんだ？」

目の前に置かれたリストの用紙に桐ヶ谷さんが気づく。私はそれを慌ててひったくるようにして手の中で丸めて隠した。

「なんでもありません」

その声は震えていて自分でも驚いた。そして桐ヶ谷さんと視線がぶつかったと同時にひと粒の涙が頬を伝った。

「莉子……」

いつも生意気なことを言って可愛げのない私が泣いている。そう思ったのか、桐ヶ谷さんが小さく息を呑んだのがわかった。

「なにかあったのか？」

普段とは違う、優しい声音にドクンと胸が鳴って息が詰まる。そんなふうに言われたら、雨粒でも飛び込んできたかのように心の水面が波立ち、揺れそうになる。

「お互いに干渉しない約束でしょう？」

片手で顔を隠し、唇を嚙んで嗚咽を堪える。本当は今の自分の状況をぶちまけて、桐ヶ谷さんに頼ってしまいたい。話を聞いてもらいたい。けれど、変にプライドが邪魔をして、せっかく声をかけてくれたというのに私は腹の底まで本音を呑み込んで、ぞんざいに突っぱねてしまった。

「そうだったな……」

ツンツンした私を宥めるように、桐ヶ谷さんが小さく笑って私の頭にポンと手をのせる。私の態度とは裏腹な行動に複雑な気持ちを抱きつつ俯く。

はぁ、可愛げないな……私。

これ以上は会話にならないと思ったのか。桐ヶ谷さんがスッとソファから立ち上がった。

「ひとりでなんでも抱え込むなよ」

それだけ言うと、桐ヶ谷さんは自分の部屋へ戻っていった。

なんでも抱え込むな、か。

ひとり残されたリビングで、私はソファに座ったまま今しがた彼からかけられた言葉を反芻していた。昔から人に頼るのが苦手で、自分でできることはなんでもしてきた。それは、ひとり娘で父親から甘やかされて育っていると思われたくなかったから、仕事でもオーナーの娘だから贔屓目にされていると思われたくなかったから。

きっと桐ヶ谷さんもこんな気持ちでずっと仕事をやってきたに違いない。

そう思うと、私が以前壊してしまったトロフィーが彼にとってどんなにプレッシャーで煩わしいものだったかわかるような気がした。

翌日。

すっかり季節は真夏に入り、毎日のように朝から太陽がコンクリートを照りつけている。息をするだけでもじっとりと汗が噴き出た。

店に出勤し、いつものように着物に着替えて事務所のパソコンを立ち上げる。店に立つ前に先方や顧客からのメールチェックは欠かせない。それに、抱えた在庫を卸すために声をかけたところからなにか連絡が入っているかもしれないと、受信箱を開いて毎回そわそわしながらメールに目を通す。するとその中で気になる件名のものに視線が留まる。

——ご連絡いただいた商品の仕入れの件。

本文を開くと、大野辺《おおのべ》株式会社という総合ファッション製品の企画を行っている会社からで、メールは社長自ら送信されたものだった。

「えっ！　嘘……」

季節の挨拶も早々に商品の詳細を確認した上でこちらが抱えている在庫をすべて仕入れるとの内容だった。しかも買取でだ。思いもよらぬ朗報に、読み間違いがないか何度も送られてきたメールに視線を行ったり来たりさせる。

大野辺株式会社は以前、うちの従業員が営業をかけて契約を結んだ小売店だ。元々着物を多く取り扱っていて、最近はファッションのトレンドを見据えたアパレルにも力を入れている中小企業だ。メールを送ってきてくれた大野辺社長は父と同じくらいの歳で、前に展示会で一度だけ挨拶をしたことがあるけれど……。

あの社長、ちょっと癖が強くてなにを考えているかわからないような、近寄りがたい雰囲気のある人なんだよね。

それに展示会のとき、肩や腕をやたら触ってきて、過剰なスキンシップをされたことも覚えている。

それでもあの大量の在庫が捌けるなら、背に腹は代えられない。

大野辺社長に連絡を取るべく私は電話を取った——。

「え？　大野辺株式会社？　引き取ってくれるってほんとなの？」

なんとか倉庫にある不良在庫が捌けそうだとさっそく沙奈に話したところ、彼女は社名を聞いた途端に顔を曇らせた。大野辺社長にあまりいい噂がないのも周知のことで、沙奈は一番にそれを心配してくれていた。

「うん、明後日仕事が終わってから一応契約のためにラディエットホテルのロビーで社長と会う約束してる」

「契約するのに自社じゃなくてホテルで？　ねぇ、それっておかしくない？」

先ほど、大野辺社長に挨拶のつもりで直接電話をかけた。すると、丁寧に電話で連絡をくれたことが嬉しかったようで、是非契約の話を交えて食事でもしようと誘われた。沙奈の言うとおり、契約だけならなにもわざわざ場所を変える必要もないけれど、食事もとなると、ホテルのロビーで待ち合わせしたほうが都合がいい。

「おかしい？　うーん、そうかな。父と一緒に契約手続きに同行したときもこんな感じで先方とよく食事してたから大丈夫よ」

そうは言ってもひとりで行くには少し心細さも感じる。けれど、きっちり問題を片付けたいという思いのほうが強かった。

「仕事が終わってからっていうのもなんだか引っかかるのよねぇ」

「ふふ、沙奈も心配性ね、大丈夫よ。大野辺社長も知らない人じゃないし」

朝からいいことがあった。ここ数日、ずっと背負っていた荷物が一気に軽くなったような心地だ。自然と鼻歌まで出てくる。そんな私を、沙奈はずっと心配そうに見つめていた。

「なんだ、今夜はやけにご機嫌なんだな」

いつものように車で坂木さんから送ってもらった。家に帰るとすでに桐ヶ谷さんが帰宅していて、缶ビールを片手にソファで寛いでいた。

「ご機嫌？　そんなふうに見えますか？」

昨夜は可愛げのない態度を取ってしまった。

気持ちが軽くなった今なら、少しだけ素直になれるような気がして、私は彼の隣に腰を下ろした。

「なんだ？　一緒に飲みたいのか？」

いつもならすぐに自分の部屋にこもってしまうのに、いきなり横に座られて驚いたのか桐ヶ谷さんが虚をつかれた表情をした。

「実は先日、仕事で発注ミスしてしまって……着物の在庫を百着抱えてしまったんです」

「百着？　これはまた大きな数字だな」

「ここ数日ずっとふさぎ込んでいたのは、その在庫をどうしようかと悩んでいたんです。店のマネージャーとして恥ずかしくない振る舞いをしたくて……でも」

ギュッと握った拳を両膝にのせ、ぽつぽつと独り言のように語る私に、桐ヶ谷さんは黙って耳を傾けてくれていた。

「統括部長として人の上に立って仕事に向き合っている桐ヶ谷さんを見ていたら、自分が情けなくなったんです」

こんなに自分の気持ちがすんなり口から出るのが不思議だった。すると桐ヶ谷さんが手にしていた缶ビールをローテーブルに置き、ソファに凭れた。

「あのトロフィーが割れたとき、正直スッとしたんだ」

「え？」

桐ヶ谷さんが表情を少し緩め、ためらいがちに口を開いた。

「父親が会社の社長ってだけで、良くも悪くも周囲の目の色が変わる。だから失敗は許されない。あのトロフィーを見る度にそんな重圧を感じてたんだ。けど……」

桐ヶ谷さんが身体ごと私に向き直り、ほんの少しはにかんだように笑って目を細めた。

「一番情けないのは、落として割れるようなちっぽけな存在に振り回されてた自分だってことに気づいたんだ」

向けられた彼の笑顔に胸が温かくなる。すべての憂いが押し流されて、清々しい気分になれた。まるで〝そんなプレッシャーに気を張る必要はない〟と宥めてくれているかのような感じだ。

あぁ、私……この笑顔が好きなんだ。

認めたくないような認めざるをえないような複雑な心境だ。

「お前の父親も経営者だし、立場的なことで言えば俺にも理解できる。ここ数日、様子がおかしかったのは、その発注ミスで抱えた在庫の取引先をひとりで血眼になって探してたんだろ?」

「え、ど、どうして……」

桐ヶ谷さんに発注ミスで抱えた在庫に奔走していることを言った覚えはない。まさか父が? とも思ったけれど、自分でなんとかすると言った手前、余計な手出しはしないはず。

「ゴミ箱に呉服屋の名前が並んだ紙が捨ててあったからな、チェックが入っててすぐにピンときた」

そうだ。桐ヶ谷さんに知られたくなくてリストをリビングのゴミ箱に捨ててたんだった。

まさか、それを手に取って見られるとは予想もしてなかったけれど、落ち込む私に彼が気を遣ってくれているのがわかる。

「幸いなことに、あの在庫を全部買い取ってくれる会社が見つかって……。ホッとしてます」

桐ヶ谷さんにも迷惑をかけずに事が済みそうだ。そう思うと、何度も胸を撫で下ろしてしまう。

「在庫を全部？　なんていう会社だ？」

「大野辺株式会社っていうところなんですけど……」

その名前を口にした途端、桐ヶ谷さんの表情が硬くなり苦々しく眉根を寄せた。

「大野辺だって？　まさか……冗談だろ、契約は？」

「明後日、仕事が終わってからラディエットホテルのロビーでと言われています」

すると、今まで話に耳を傾けていた桐ヶ谷さんが、軽く開けていた唇を閉じて低く舌打ちをした。

「お前、その契約に行くんじゃないぞ」

「え？」

一瞬、なにを言われたのか理解できなかった。桐ヶ谷さんの表情には笑みはなく、その険しい顔つきから冗談で言っているわけではなさそうだ。

「な、なに言ってるんですか？　せっかく取引先が見つかってしかも買い取ってくれるって言うのに、契約に行くなって……どういうことですか？」

「大野辺株式会社の評判の悪さを知らないのか？　業界では有名だぞ」

知らないのか？　と言われても、評判の善し悪しは見えない部分で変わっていく。

確かに、大野辺社長についてはいい噂を聞かないけど……。

営業で訪問してきた女性社員にセクハラをしたり、無理難題な仕入れ条件を突きつけたりという厄介な話は私も知っている。

「大野辺社長は知らない人じゃないし、父とも面識があります。色々噂の絶えない社長ですけど、だいじょ――」

「俺が言いたいのは社長云々じゃない、その会社の経営状況だ」

私の言葉を遮り、桐ヶ谷さんがポケットからスマホを取り出して、なにやら検索し出す。

「これを見てみろ」

寄せられたスマホの画面を覗き込むと、業種別になった株価の一覧だった。

「大野辺は去年あたりから株価も下がりっぱなしだ。それがどういうことかわかるか？」

桐ヶ谷さんに問われて絶句する。

株価が下がっているということは、周囲から安心感や将来性を疑問視されているということ、そのうち銀行から業績不振と見なされて資金調達も難しくなってくる。従業員の定着率も下がって負のループだ。

「そんなただでさえ経営が危ういのに、そんな大量に仕入れを容認するなんて、しかも買取だと？　普通は考えられないな、よっぽど後先考えない無能なバイヤーなのか、それとも妙な裏があるとしか思えない」

大野辺が今、こんな経営状態だったなんて知らなかった。桐ヶ谷さんに鋭く不審な点を指摘されると、モヤモヤと胸の中に暗雲が立ち込め始める。

「なにを考えてるかわからないような会社の契約なんか行くんじゃない」

「考えすぎですよ、それに営業をかけておいてこちらから反故にするのは失礼です。桐ヶ谷さんの考えもわかりますけど、もう後にも引けないんです」

聞き分けのない私の態度にイラついたらしい桐ヶ谷さんの目つきが鋭く変わる。

「まったく、なんで――」

〝お互いに干渉しない〟そのことが過ったのか、勢いで飛び出した言葉を呑み込んで桐ヶ谷さんが小さく咳払いした。なんだか父親みたいに見えて思わず頬が緩みそうになる。

「それに、大野辺の出方次第では今後うちとの関係を見直さなければなりません。電話だけじゃ伝わらないこともありますし、それを確かめるためにも会う必要があると思うんです」

桐ヶ谷さんが教えてくれた情報を聞いて動揺したけれど、私は迷いとともに喉元でわだかまる息を勢いよく吹き飛ばした。

これでよし！　実のある話ができればいいんだけど……それにしても暑いな。

仕事が終わり、私は洋服ではなく着物のまま大野辺社長に指定されたラディエットホテルまで契約にやって来た。日中の暑さの残滓を含んだ空気がムッとして、まるで蒸し風呂みたいだ。

早めに着いたため、化粧室で小汗を拭い着付けを少し整える。私にとって着物も正装のようなものだ。約束の時間まで数十分となり緊張が高まる。帯に手をあてがうと気持ちまで引き締めてくれるような気がした。

『大野辺と契約だって？　莉子、少し考え直しなさい』

父に契約の話をしたら桐ヶ谷さんとまったく同じ反応で、大野辺の経営状況についてすでに知っているようだった。

『大丈夫よ、私を信じて』

心配で気を揉む父に私はそう明るく言って店を出てきたのはいいけれど、内心はうまくいくか不安で仕方がなかった。

もう、私はKAMIYAMA二代目の娘なんだから！　しっかりしないと。

パンと頬を手のひらで挟んで気合いを入れると、私はロビーへと向かった。

ラディエットホテルは都内有数のラグジュアリーホテルで、ここのロビーは見通しが良く、縦長窓から差し込む自然光があたりに彩りを添え、日中は柔らかな明るさが広がる空間になっている。宿泊客以外でもよく待ち合わせや契約などに利用されていて、私も何度か契約で利用したことがある馴染みの場所だった。

会話の邪魔にならない程度の音量でゆったりとしたクラシックが流れる中、飲み物を注文してソファに座りしばらく待っていると、大野辺のバイヤーだという西野さんという男性が現れた。ピシッとスーツを着て歳は四十代くらい、笑うと狐のようなつり目になる。ソファの後ろには高すぎず低すぎない観葉植物が置かれていて、別の席からは見えないようになっている。

「この度は弊社との契約につき、御足労いただきましてありがとうございます」

ソファから立ち上がり深々と頭を下げて挨拶をすると、西野さんが人の良さそうな笑顔を浮かべて私の向かいに腰を下ろした。

「いえいえ、こちらこそ。本日、大野辺の方が別件で不在でして、今回は私が代行させていただくことになりました。よろしくお願いいたします」

先ほど運ばれてきたコーヒーからゆったりとした湯気が揺らめいている。世間話もそこそこに、本題に入ろうともう一度商品の説明をしようとしたときだった。

「えーっとですね、神山さん、大変申し上げにくいのですが……仕入れの数量を半分に抑えるように社長のほうから言われまして」

えっ!? は、半分? 全部って言ってたのに……話が違うじゃない。

気まずそうに頬を人差し指でカリカリしながら西野さんが言い淀んで話を続けた。

「それから仕入れの商流なんですが……買取ではなく消化仕入れとして扱いたいと思っております」

消化仕入れですって?

消化仕入れとは完全にメーカーが商品の在庫リスクを持ち、販売された商品の売上分だけ、買取として仕入れを発生させる形式だ。保管コストもこちらにかかってくるし、売れたときに仕入れ処理をされるため、売れなければうちの売上分はゼロということになる。

そんな……。

これで在庫が捌けると浮かれていた気持ちが一気にしぼんでいく。

消化仕入れもそれなりにメリットがあるけれど、うちみたいに在庫の保管庫が狭く、早く売って商品の回転率をあげたい状況ではあまりいい条件ではない。

「あ、あの、おうかがいしていたお話と少々異なるようですが……」

強張った笑顔を貼り付けて言うと、西野さんがにこりと笑みを浮かべた。

「どうしても買取でということでしたら、まぁ、できなくもありませんが」

これはとんでもない条件を付けられるかも。

西野さんの笑顔にそんな嫌な予感がして、グッと拳を握る。

顔は笑っているけれどなにを考えているのか、その腹積もりが読めない。訝しく思っていると、西野さんが少しだけ声のトーンを落とした。

「少々込み入った商談になりますので、ここではなんですから場所を変えませんか？」

「え？　ここでできないようなお話なんでしょうか？」

ロビーは多少周りの話し声はするものの、場所を変えなければならないほど気になる騒音はない。

漠然とした嫌な予感だけが高まって、私はゴクリと喉を鳴らした。

「こちらのホテルにお部屋のご用意があるんです。社長と直談判してみてはいかがでしょう？」

ホテルに部屋？　直談判？　社長は別件で来なかったんじゃないの？

「お察しいただけましたか？」

西野さんが薄い唇の左右を押し上げてニッと笑うと、全身が凍りついたようになる。

なぜかわからないけれど、この話にのってはいけない。

そう本能が察知して、得体の知れない恐怖とともに私は勢いよくソファから立ち上がった。

「申し訳ございません。このお話はなかったことにしていただけませんか？　失礼します」

乱れ始める鼓動を宥めるように震える手を胸に置き、踵を返そうとしたときだった。

「話のわからないお嬢様ですね、大きな商談にはそれなりの代償はつきものですよ」

ガシッと腕を掴まれて西野さんを見ると、穏やかに微笑むその背後にどす黒い不穏な渦が見えた気がした。

「放して！」

「神山さん、あまり人前で大きな声を出さないほうがいいですよ、ここは穏便にいきましょう。でないと……」

「おい、なにしてるんだ」

西野さんの手を振り払ったと同時に第三者の声がして振り向く。そして、なぜここにいるのかと、呆気にとられながら私はすぐ傍に立つその人を見た。

「き、桐ヶ谷さん!?」

その場にどんと構え、彼は腕を組みながら不愉快を露わにざっくりと眉間に皺を刻んでいる。西野さんはというと、桐ヶ谷さんに鋭い眼差しを向けられて立ちすくんでいた。

「こ、これはこれは……桐ヶ谷さんじゃないですか、いつもお世話になっております」

とにかくこの不穏な空気を誤魔化そうと、西野さんがさっと笑みを作り形式的な挨拶をしてペコッと頭を下げた。

桐ヶ谷さんは桐ヶ谷百貨店の本店で統括営業部長として外部ともそれなりに付き合いがあるだろうし、顔も広いのだろう。西野さんも彼のことを見るなり顔色を変えたということは面識はあるようだ。

「莉子、こっちへ来い」

桐ヶ谷さんの突然の登場に驚きながら、私は言われるがまま彼の横に身を寄せた。

「えーっと、神山さんとどのようなご関係で？」

「俺の妻だが」

はっきりとした口調で言い切られ、その言葉が心臓を揺るがす。妻と言っても形だけなのは重々承知している。それなのに先走る胸の高鳴りに切なさを覚えた。

「え、ご結婚されていたんですか？　それは存じ上げませんで、おめでとうございます」

「論点をずらすな」

桐ヶ谷さんの表情は険しいままで、さすがの営業スマイルも効果なしと悟ったのか西野さんの顔から笑みが消えた。

「大野辺は経営不振だと聞いている。それでどういう算段でＫＡＭＩＹＡＭＡブランドの商品を扱おうとしているのか、そんな高度な営業テクニックがあるなら是非参考にしたいのだが」

「そ、それは……」

桐ヶ谷さんに問い詰められ、西野さんが視線を下に向けてたじろぐ。

「人妻に枕営業させようなんて、大野辺の人間は節操がないな」

「そんな、枕営業だなんてとんでもないです！」

図星を指されたのか西野さんが大げさに首を振り、狼狽えながら否定する。すると、桐ヶ谷さんは往生際が悪いと言わんばかりにため息をついた。

「だったら、今から彼女が来ると思ってウキウキしながら待っている社長の部屋へ俺が行こうか？　社長は赤っ恥をかいてあなたは大目玉をくらうことになるが、それでもいいんだな？」

一寸の揺るぎもなくじっと見据えられ、西野さんは小さく唇を噛んだ。

「契約は不履行だ！　失礼する！」

怒り口調で言い捨てると、西野さんはそそくさとその場を後にした。

「まったく、なにが「契約は不履行だ」だ、初めからその気もなかったくせに」

桐ヶ谷さんが呆れ交じりに呟くと、クラシックと人の話し声が何事もなかったかのように再び耳に流れ出す。

「あ、あの……」

なにから話していいのやら混乱していると、ポンと頭に彼の大きな手がのせられた。

「……お前は馬鹿だな」

悪態にしては柔らかな声が降ってきて、なぜだかじわっと瞳が湿り出す。

本当は怖かった。不安だった。桐ヶ谷さんがいなければ、自分はどうなっていたかわからない。そんな思いが取り巻いて、ふとテーブルに視線を落とすとひとくちも口をつけていない冷めきったコーヒーがぽつんと置かれていた。

まさか、大野辺社長がそんなことをしようとしていたなんて……。

大量に抱えた在庫をなんとかしたい弱みにつけ込んで、直談判と言いながら私をホテルの部屋へ連れ込もうとしていた。契約をするとき、ホテルのロビーを使うことは多々ある。だから油断していた。桐ヶ谷さんが〝枕営業〟と言うまで大野辺社長の魂胆に気づけなかった自分も馬鹿だ。

桐ヶ谷さんとホテルを後にし、彼が運転する車でマンションへ帰ってきた。『世間知らずの箱入りお嬢様』と言われても、しゅんと項垂れたままなにも言い返すことができなかった。彼が現れなかったら、と思うとゾッとする。いまだに指先が小刻みに震えて冷たいままだった。

桐ヶ谷さんに対して思うところはあるけれど、少なくとも危機的状況を救ってくれたことには違いない。きちんとお礼を言わなければ、とたどたどしく口を開いた。

「桐ヶ谷さん、あの、さっきは……あ、ありがとうございました」

リビングのソファに座り俯いていると、コトリと音がしてローテーブルの上になにかの飲み物が入ったグラスが置かれた。

「レモネードだ。頭がすっきりするぞ」

桐ヶ谷さんが私のために用意してくれたのかと思うとその行為が意外で、そして嬉しかった。

「いただきます」

ホテルでコーヒーを頼んだものの、結局口をつけずに帰ってきてしまった。だからか、レモネードをひとくち口に含んだら喉の渇きが刺激され、一気に喉に流し込んだ。

「それで、大野辺がどんな会社かわかったか？」

桐ヶ谷さんもレモネードの入ったグラスを片手に、私の横に腰を下ろした。

どんな会社か電話だけじゃわからない。それを確かめるためにも会う必要がある。

なんて豪語した手前、きまりが悪い。

「はい……。私、ほんと馬鹿ですよね、大野辺社長にあまりよくない噂があっても、きっとなにかの間違いだって、心のどこかで信じてた部分があったんです」

そんな私の思いはあっさりと裏切られ、大野辺の真相を身をもって知った今、悲しいやら悔しいやらでぶつけどころのない憤りに落胆するしかなかった。

「そういえば、どうしてあのホテルのロビーにいたんですか？」

ずっと疑問に思っていた。ピンチになったときに急に現れて、偶然にしては出来すぎている。まるで映画に出てくるヒーローみたいだった。

すると桐ヶ谷さんはほんの少し気まずそうにした後、微かなため息をついた。

「お前は干渉するなと言うかもしれないが、仕事が終わってからラディエットホテルのロビーで待ち合わせると言っていたし、大野辺の素行の悪さを知っておきながら、お前を放っておけなかったんだよ」

形だけの妻に優しくする必要なんてあるのか、お互いに干渉しない約束なのだから、見て見ぬふりをすればいいのに、それでも桐ヶ谷さんはそうしなかった。

ときどき見せてくる彼の優しさにまた触れてしまった。そして覚えのある胸の高鳴りに困惑する。

「お前を見ていたら、入社したての頃の自分を思い出した」

顔をあげたら目が合って、つい、見つめ合ってしまった。やんわりと口元を柔らかくして微笑む桐ヶ谷さんに息が詰まる思いがする。

「不眠不休で仕事に没頭して取引先を探すのに精一杯で、父親が社長だという立場から周りの目も気になって、認められたいという一心で、とにかく必死だった」

今はもう懐かしい記憶なのか、桐ヶ谷さんは目を細めた。まさか、今の自分の状況が昔の桐ヶ谷さんとリンクするとは思いもよらなかった。私とは違って、最初からずっとなにもかもうまくいってひたすらエリート道を突き進んでいたと思っていたのに。

桐ヶ谷さんも苦労した時期があったんだ。

「きっと桐ヶ谷さんは要領がいいんですよ、私なんてまだまだで……結局、今回の契約の話もまた振り出しに戻っちゃいました」

もう笑うしかない。そう思って頰を緩めてみるけれど、筋肉が強張ってうまく笑えない。

「その話なんだが……」

改まったように桐ヶ谷さんが私を見据える。

「お前の店で抱えている在庫を全部、うちの百貨店で買い取ってやる」

今、なんて？

桐ヶ谷さんの口から信じられないことを言われた気がして、息をするのも忘れ何度も目を瞬かせる。

「ま、まさか父からなにか言われたんじゃ……」

父の口添えがあったとしたら、こんな恥ずかしいことはない。耳が真っ赤に染まりかけたところで桐ヶ谷さんがクスッと笑って首を振った。

「いや、お前から実際に話を聞くまで不良在庫を抱えていることは知らなかった。毎日のように残業していると坂木が言っていたから気にはなっていたが……それに、お前はなにを考えているかわかりやすいからな」

私は昔から嘘をつくのが下手で、すぐ感情が表に出るからわかりやすいとよく言われた。毎晩のように頭を抱えて悩んで、どうしようかと不安になって今にも泣き出したい気持ちを堪えていた。

そんな私の姿を、彼は影で見ていたんだ。

「それに、結婚する条件に『ＫＡＭＩＹＡＭＡの売上に貢献すること』って言ってただろ？」

唇の端を押し上げてニッと笑う彼の表情には露骨な嫌味はなく、むしろ頼もしさが滲んでいて思わず鼻の奥がツンとした。

「でも……」

――己の力量の限界を認めることも大切だ。

桐ヶ谷さんに言われるがまま、事を委ねてもいいのかと躊躇する。すると、昔、周囲から仕事ができないと思われるのが嫌で、なんでもかんでも意固地になって仕事をしていたら、不意に父からそんなことを言われたことがあったのを思い出した。

「こういうときに周りを巻き込んで要領よくやらなきゃ、だめってことですよね」

「あぁ、マネージャーみたいに人の上に立っているならなおさらだ。まぁ、大丈夫だろ、俺がなんとかする」

以前、自分の部下がミスをしたとぼやいていたとき、桐ヶ谷さんは『俺がなんとかする』と、そう言っていた。私も発注ミスをして凹んでたし、その言葉が自分に向けられたものだったらどんなに心強いかと、その部下が羨ましくもさえ感じた。

「わ、私……自分のせいで従業員には迷惑かけたくなくて、父の顔にも泥を塗らないようにしなきゃと思って……」

なんとなくホッとしたら、今までずっと我慢してきた涙がポロポロとこぼれてきて、人前で泣くなんてみっともないと思うのに涙を止めることができない。

「先が見えなくて、本当は不安で怖くて仕方がなかったんです」

鼻声になりながらも、包み隠さず素直に本心を伝えることができた。でも、もうこれ以上は無理だ。喉の奥から嗚咽が迫り上がってきて声にならない。それなのに。

「そうだな、その気持ちは俺にもよくわかる。だからもう泣くな」

わざと涙に拍車をかけてるのかと思うくらい、桐ヶ谷さんは優しくて、今まで誰にも打ち明けられなかった弱音を、唯一理解してくれているような気がした。

「KAMIYAMAのブランドの商品はどれも質がいい。うちの店舗で仕入れても結構すぐに売り切れるくらい人気がある。そんな上等なものを、大野辺みたいな会社に卸すくらいなら、多少リスクがあっても全部うちで買い取ったほうがマシだ」

唇を真一文字に結び、桐ヶ谷さんはじっと私を見据えた。

「それに、俺はKAMIYAMAの着物が好きなんだ」

桐ヶ谷さんにとってはさらりと言った何気ないひとことだったのかもしれない。稼業の商品をただ真っ直ぐに好きと言ってくれて嬉しかった。それと同時に心が揺さぶられ心臓を鷲掴みにされたような気分になるのはなぜだろう。

私、もしかして桐ヶ谷さんのこと。

いや、そんなわけない。ちょっと優しくされたから気持ちが緩んだだけ。

だから、この感情は……違うよね？

「莉子？」

一点を見つめたままの私を怪訝に思ったのか、名前を呼ばれてハッとする。

「あ、あの……買い取ると言っても、あの大量の在庫をどうやって全部捌くつもりですか？」

ただでさえ忙しいのに、彼の負担になるんじゃないかと思っていると、桐ヶ谷さんの顔に余裕の笑みが浮かぶ。

「実は今、全国の桐ヶ谷百貨店の店舗で着物のイベントを企画中なんだ」

着物のイベント？

「そのイベントに向けて各店舗に分散して仕入れてもらう。不良在庫と言っても人気のある商品だからな。バイヤーも喜んで了承してくれるはずだ」

「そんなこと、できるんですか？」

「ああ。それに、海外の店舗にも数着流すこともできるし、呉服を扱う傘下の店舗にも並べることだって可能だ。売れるか売れないかは別として、幅広く展開させることは容易だ。それにリスクがあったとしてもたかがしれている。それぐらい問題ない」

想像以上の桐ヶ谷ホールディングスが持つ資本比率の高さに圧倒され、ここ数日一睡もできずに悩んでいたことだったのに、彼の提案により一気に希望の光が見えてきた。

「でも、余計な仕事を増やしてしまうんじゃ……」

「仕事に余計もなにもない、初めから意味のないことはしない主義だ」

彼の話を聞いて、以前、沙奈が『桐ヶ谷さんは仕事ができる人』と言っていたのを思い出す。今ならその手腕の良さを身に染みて実感できる。本店の営業部統括部長を任されているのは親の七光りなんかじゃない。桐ヶ谷さんが持つ元々の才能なのだ。過ぎた望みなのかもしれないけれど、私も彼のような仕事ができる人間になりたいと素直に思った。

「そのイベントっていつですか？　私もお手伝いします。というか、させてください。例えばポスターとかチラシとかの販促物をうちで作成するとか」

「それは助かるな」

「それからプロモーションビデオもできます、以前作成したことがあるので任せてください」

確かKAMIYAMAのオリジナルブランドを立ち上げたとき、私が着付けの実演をして販促物用にPVを作ったことがあった。

「PVか……」

桐ヶ谷さんがふと、遠くを見つめる。その表情は決して険しいものではなく、どことなくなにか懐かしんでいるような、うっすら口元に笑みさえ浮かんでいる。

「桐ヶ谷さん？　どうかしました？」

なにかおかしなことを言ってしまったのかと顔を覗き込むと、彼は我に返って私へ視線を移した。

「いや、なんでもない。海外向けにPVがあると着付けがわからない外国人でも簡単に理解できそうだな」

今、桐ヶ谷さんなにを考えていたんだろう？　笑ってなかった？

とにかく私の提案に同意してくれてよかった。けれど、ホッとしたのも束の間、その案にはひとつだけ問題があった。

「あの、自分で言っておいてなんですけど、実は海外向けにPVを作ったことはないんです。私、英語喋れませんし……」

あぁ、海外向けだったら当然説明も英語じゃないとだよね……どうしよう。

また壁にぶち当たってしまった。そう思っていると、桐ヶ谷さんが「おいおい」と苦笑を漏らした。

「お前の日本語の説明に英語のテロップをつければいいだけの話だろ？　翻訳くらい俺がやってやるよ」

そうだった。確か桐ヶ谷さんは高校からアメリカ暮らしで州立でトップクラスの大学を卒業したと沙奈が言っていたのを思い出した。

彼にできないことなんてないんじゃないかと思ってしまうくらい。ほぅ、と感銘のため息が小さくこぼれる。

「桐ヶ谷さんって、頼もしい人なんですね」

「なんだ、いまさら気づいたのか」

ひょいと肩を竦めて彼が口元を綻ばせると自然と視線が交わる。なんとなく甘味を帯びた空気にむず痒さを感じ、そして互いの胸が触れ合う距離まで寄り合うと、私は夢から覚めたように肩を跳ねさせた。

「あ、あの……」

我に返り、顔を背けようとしたら、逃がさないと言わんばかりに腕を軽く捕らえられてしまう。

「こっち向けって」

身を捩る間もなく唇を塞がれる。口づけられる瞬間、唇の表面をさっと風が撫で、彼が笑ったのがわかった。

「や、んっ」

短い声をあげたら、吐き出した息ごと桐ヶ谷さんの唇に飲み込まれる。抵抗しようと腕を伸ばしかけたけれど、唇の角度を変えながら与えられるキスの温もりに力が入らない。されるがまま、頭がぼんやりとなりかけたとき、柔らかく押し付けられたそれはすぐに離れ、うっすら目を開けると傍で彼がこちらを見ていた。

「嫌がらないんだな」

甘味を帯びた瞳に全身にまで響き渡るような鼓動が鼓膜を打つ。

「い、いきなりキスされて、嫌がる間もなくびっくりしただけです」

「ふぅん、そうか」

ならもう一度確かめてやる、と口の端を押し上げて再び唇を重ねられる。

「ッ！　ん」

好きでもなんでもないのにこうしてキスをされていると、身体の奥が疼いてときどきビリッと電流のような刺激を感じる。気を抜けば意識を持っていかれそうになって、重なる唇の隙間から絶え絶えに吸い込む空気がやけに熱く、甘苦しかった。これでいて恍惚と全身が蕩けるようなわけのわからない感覚に、戸惑いを覚える。

もう、やめて！

そう言って突き放すことだってできるはずなのに、できない。桐ヶ谷さんとのキスに身を委ねているのはなぜ？　胸を締め付けられるようなこの感覚はなに？　と、理解しがたい感情に耐えられなくなる。顔を背けることもできずに、ただ一方的に唇を軽く噛まれ、舌を吸い上げられ、舐めとられる。私は乱れそうになる呼吸をなんとか保つのが精一杯で、私は彼の腕にしがみつくと目の端に涙が滲んできた。

ようやく解放され、無意識に涙目を桐ヶ谷さんに向けると目が合う。すると、ゴクッと息を嚥下したような音が聞こえた。

「その顔、最高にそそられる」

「え？」

「うっかりしてると理性が吹っ飛びそうだ。お前、俺を試してるのか？」

そそられる？　理性？　試すって……なんのこと？

なにもわからずきょとんとしている私に、桐ヶ谷さんが弱り顔で小さく笑った。

「取って食うような真似はしないさ、俺は紳士だからな」

「わっ」

ポンと頭に手がのせられ、ワシワシと撫でまわされる。

「もう、なにするんですか！　紳士ならそんな乱暴なことしません！」

「あはは、そうそう、そうやって元気にしているほうがお前らしいぞ？　今日はもう遅い、早く休め」

そう言って、桐ヶ谷さんはソファから立ち上がり、浴室へと向かった。

桐ヶ谷さんといると、なんだか調子が狂う。だけど、どんなに挫けようとも手を引っ張って導いてくれる不思議な力強さを感じる。

桐ヶ谷さんとのキスのことで頭がいっぱいになりながら自室へ戻る。着替えが終わり、ぼーっとしたまま布団を敷いてごろんと寝そべった。

不本意にも桐ヶ谷さんにファーストキスを奪われ、初めてその距離を知った。他人の肌の匂いが迫るあの距離感は、思い出すだけでも心臓が落ち着かなくなる。

いつの間にか桐ヶ谷さんとのキスシーンを何度も脳内再生している自分に気づき、私は慌てて首を振る。

私が桐ヶ谷さんを好きになるなんてありえないんだから……仕事では助けてもらったけど、でもそれとこれは話が別。

たとえ夫婦であっても、私は〝形だけの妻〟であることには変わらない。

そう自分に言い聞かせれば言い聞かせるほど、胸の中に澱んだ染みが広がってほんのり切なさがこみ上げてくるのだった。

第五章　とある桐ヶ谷の日々　桐ヶ谷Side

実際の神山莉子に会った印象はふたつある。

着物が似合う、いまどき珍しい大和撫子のような可憐な女。

世間知らずで生意気な女。

大抵俺に近づいてくるやつは、男女問わず俺が桐ヶ谷家の嫡男であるという下心を持っている。気に入られるために機嫌を窺い、にこにことした仮面をかぶっている。もう、そういうのはうんざりだった。けれど、莉子は違った。初めて会う見合いの席だというのに、表情は重く暗く、笑ってはいるが〝お見合い〟に対する嫌悪感が駄々洩れていた。そして、俺に対する興味は微塵も感じられなかった。

彼女みたいな人なら、結婚したとしても後腐れなく生活ができるかもしれない。それに、俺がすでに既婚者だとわかれば、周りも「お見合い」だのなんだの言ってこなくなるだろう。結婚なんて所詮契約だ。形だけの妻がいればそれでいい。

そんな打算的なことを考えていたら、驚いたことに向こうから『結婚したとしてもお互いに干渉しないこと』という条件を突きつけてきた。見合いでそんなありえないことを言われて、絶句するとでも思っただろうが、こんな理想的な条件は滅多とないとすぐに結婚を決め、莉子との生活が始まった。

――所詮、親の七光りだろ？　父親が社長っていいよな。

――天は二物を与えずって言うけど、桐ヶ谷部長の場合は生まれながらにして完全無欠ってやつなんだよ。

昔からずっとつきまとっている俺の身の回りで囁かれるくだらない噂話。俺自身よりも桐ヶ谷のネームバリューしか見ていない連中に振り回されるのも癪だし、いちいち気にしていても仕方がない。だから、俺は他人をあまり信用しなくなった。

去年の社内表彰式で与えられたMVPはそんな俺にさらに重くのしかかってきた。

こういうのは、ほかの社員に取らせるべきだろ、なんで身内なんだよ。大方、次期社長となる俺へのプレッシャーなんだろう、父の考えそうなことだ。

家にトロフィーを持ち帰ってきたのはいいが、そのまま床に叩きつけたい衝動を堪え、とりあえずリビングのチェストの上に放置していた。

そんなある日、予期せぬ出来事が起こった。

トロフィーから放たれる忌まわしいプレッシャーから解放されることになろうとは……神山莉子。俺の妻によって――。

「ごめんなさい！」

そう言って、今にも泣きそうな顔で謝る彼女に、俺はなんて声をかけたらいいかわからなかった。しかも、ガラスの破片を素手でかき集めて指を怪我した。子どもの頃、よく弟が怪我して、それを俺が手当てしていたことを思い出した。親は仕事で忙しく、家政婦もいたが、元々病弱だった弟の面倒はできるだけ俺が見ていた。なんだかそんな昔の記憶がふと、頭を過って急に懐かしくなった。

これで胸のつかえが取れた、ありがとう。

プレッシャーから解放された気分なんだ。ありがとう。

やっぱり物を壊されてお礼を言うのも妙な話だよな。

なんてあれこれ考えていたら、彼女が〝トロフィーを弁償する〟と余計なことを言い出して思わず怒鳴ってしまった。

はぁ、大人げなかったよな。

結局「あのときはすまなかった」と言う機会もなく時が過ぎ、坂木には「もう少し素直になったらどうです？」と説教されてしまった。

莉子にとって、つくづく嫌な男であることはわかっている。けれど、素直じゃないのはお互い様だろ。と心の中でぼやいてしまった。

見合いのときから薄々感づいていたが、莉子は俺に嫌われようと勝手に物を買ったり、わざと料理下手をアピールしてきたり、まさかそんな単純なことで離婚を切り出されると本気で思っているのか……。キスをしてひっぱたかれたこともそうだが、ますます彼女が今までの女性となにかが違うと感じるようになった。そして、時折見せる笑顔や、わがままを言うときに一瞬迷うような表情を見ていたら、本当の莉子の素顔を暴きたいという妙な探求心が芽生えた。

変なやつだな。

形だけの妻だというのに、莉子は不思議と俺の興味を湧き立たせた。

変なのは俺もそうか。

そんなあるとき、莉子の元気がなくひどく落ち込んでいる日が続いた。彼女の部屋から毎夜すすり泣く声や、ため息ばかりが聞こえてくる。気になってどうしたのかと尋ねようと思ったが、なんせ彼女も意固地な性格で、〝お互いに干渉しない〟という結婚の条件がある限り、すんなり事情を話してくれるとは思わなかった。けれど、ついに彼女の口からその落ち込む原因を聞かされることとなった。

『実は先日、仕事で発注ミスしてしまって……着物の在庫を百着抱えてしまったんです』

唇を噛み締めて震える彼女に俺は頭の中で色んな考えを巡らせた。

うちでなんとかできるかもしれない……。しかし、彼女が俺の助けを求めるだろうか。

そう思って、すぐに話は切り出さなかった。しかし、それがいけなかった。翌日、その不良在庫買い取ると、とある会社が連絡をよこしてきたと聞き、どこの会社か尋ねると俺は全身の毛穴が開くような感覚になった。

な、なんだって？　大野辺だと？

おいおい、待て待て、その会社が今どんな経済状況なのかわかっているのか？

莉子は箱入りで世間知らずなところがある。だから、なにも知らずに連絡をしてきた会社を神様くらいに思っているのだろう。

今にも倒産しそうなけっぷちの会社が、あんな大量の在庫を仕入れられるわけがない。絶対なにか裏がある。だから、契約当日わざわざ仕事を早く切り上げて先方と待ち合わせをしているというホテルへ向かった。

自分から形だけの妻と言っておきながら、どうしてここまでするのか。

ホテルのロビーで商談中の莉子を見つけたとき、一瞬そう思って足が止まった。

ただのお節介じゃないのか、けれど大野辺は確実になにかを企んでいる。なんとか取引先を探そうと闇雲になっている彼女が、入社当時の俺の姿と重なって見えてしょうがなかった。親でもある社長から贔屓目に見られているとほかの従業員たちに思われたくなくて、あの頃はとにかく実績をあげようと必死だった。だから経営者を親に持つ莉子の気持ちは、痛いほど理解できた。

結局、俺の予想していた通り、大野辺社長はとんでもないことを企んでいて、それからの俺の行動は無意識だった――。

『あの、さっきは……あ、ありがとうございました』

ホテルから連れ帰った莉子は小さく震えていて、『もう後にも引けないんです』なんて虚勢を張っていたが、その様子から本当は怖くて不安だったようだ。馬鹿なやつだな……と何度も心の中で呟いたら、大野辺に対してひどく憤りを感じた。

どうしてこんなふうに怒りが湧いてくるんだ？

いつの間にか芽生えた莉子に対する庇護欲のようなものか、それとも……いや、ありえない、彼女は形だけの妻だろ。

俺がそんな特別な感情を持つなんて、絶対にない。しかし、潤んだ彼女の瞳に見つめられたら俺の中の獰猛ななにかが刺激され、心臓を鷲摑みにされたような気分になって衝動的に莉子の唇を奪っていた。

あのときはなんとか理性で押しとどめたが……次は自信がないな――。

『プロモーションビデオもできます、以前作成したことがあるので任せてください』

ＫＡＭＩＹＡＭＡブランドの販促物として莉子の父親がうちの百貨店あてに、彼女が実演しているＰＶを持ってきたことがあった。四年くらい前になるが、当時二十歳だった莉子の着物姿を見て、思わず何度も繰り返しＰＶを見てしまうくらいに魅入ってしまった。だからそう言われたとき、ふと、過去の滑稽な自分を思い出してうっかり笑ってしまうところだった。

ＰＶの中で着物を着こなす莉子は、まだどことなくあどけなさが残っていてまさか見合いで実際に会うとは思いもよらなかった。四年後の彼女はあの頃に比べたらぐっと女性らしさが増していて、いわゆる〝いい女〟になっていた。認めたくはないが、もしかしたらすでにこの時点で、俺は彼女に惹かれていたのかもしれない。それを形だけの妻として繋ぎ止めようとするなんて、今までなんでもスマートにやりこなしてきたつもりだったが、自分に不器用な一面があることを初めて知った。

「部長？　桐ヶ谷部長？」

秘書の松岡《まつおか》に呼ばれてハッと気づくと、高速道路を走る社用車の中だった。後部座席でぼんやり窓の外の景色を眺めていたら莉子のことを思い出し、思わず長い回想に耽けてしまっていたようだ。

「あ、ああ、すまない、午後からのスケジュールの確認だったな。で、これから竹本《たけもと》呉服の本社へ挨拶がてら顔を出してから帰社するんだったか」

「いいえ、三田屋《みつだや》の本社です」

松岡は表情ひとつ崩さず眼鏡を押し上げてキラリとさせた。

ああ、そうだ三田屋だったな。全然違うじゃないか、おいおい、しっかりしろ。

おそらく彼女は俺の隣で、手帳を片手に午後の予定を読み上げていたに違いない。

それがまったく頭に入っていなかっただなんて、どうかしてるぞ。いつもならほかの仕事をしながらでも把握できるというのに。

都心部からしばらく車を走らせ、郊外にある三田屋の本社に到着した。

三田屋は昔から桐ヶ谷と繋がりのある中小企業の呉服店で、たまに商品を仕入れたりもしている。中小企業といっても全国に店舗を展開していて、実績ともに伸び代のある会社だ。今回はほかの仕事の関係で近くに来ていたことと、父の友人でもある社長の手前、挨拶でもしておかれては、という松岡からの提案だった。

「もう、穂高ってば、さっきから……というか朝からなにをぼーっとしてるわけ？あ、わかった、また莉子さんのこと考えていたんでしょ？」

運転手は基本、駐車場で待機している。松岡は俺とふたりになった途端、運転手の前では控えていたいつもの調子に切り替わる。

松岡凛子《りんこ》は俺の専属秘書であり母の妹の娘だ。つまり、従兄妹にあたる。歳は三つ下で二十九歳。以前、別の企業の社長秘書をしていたが、なぜか俺につく秘書は「一身上の都合」「感情がコントロールできなくなる」「これ以上、部長と秘書の関係を保てる自信がない」などと言って長続きしなかった。だから秘書として優秀だった松岡にずっと目をつけていた父が、なんとか説得して俺の秘書へと引っ張ってきたのだ。

松岡は少々生意気なところはあるが気の置けない幼馴染のような存在で、手際もいいし竹を割ったようなサバサバとした性格をしている。秘書という職は彼女にとって天職のようなもので、松岡が組むスケジュール管理はいつだって完璧だった。それに莉子のことを考えていたと、あっさり見破られてしまうくらいに勘も鋭い。

まったく、こういうところは厄介だな。

バツの悪い顔を松岡に気取られないうちに表情を引き締め、社長室へ案内される。

三田屋の社長と父は付き合いが長い。だから幼少の頃から俺のことを知っていて、会う度に他愛のない同じような昔ばなしを延々と聞かされる羽目になる。

はぁ、相変わらず話が長いな。

愛想笑いを貼り付けたままの顔も限界に近づいてきたとき、「部長、そろそろ……」と松岡が助け舟を出してくれたおかげで話に区切りがついた。

「穂高君も頑張ってくださいね、今日は不在でしたがうちの息子も君によろしくと言っていましたよ」

自分よりも一回りも二回りも年下である俺に対し、大事な取引先の息子だからといつも丁寧に接してくる。それがなんとなく慇懃無礼な感じがしてむず痒い。

「私のほうからもよろしくお伝えください。久しく会っていませんので……」

三田屋本社を後にして車が動き出すと、まだ午後も始まったばかりだというのにどっと疲れが出た。

これから社に戻って会議か……疲れている場合じゃないな。

「息子も君によろしくと――」と社長に言われたが、正直その息子と顔を合わせずに済んだのは幸いだった。

三田直樹《なおき》。三田屋の跡取り息子で俺と同じ歳。初めて出会ったのはプライベートで開かれた桐ヶ谷ホールディングスの交友会で俺が小学五年生のときだった。

いけ好かない子どもがいる。

交友会に来たどこかの会社役員の息子かと思ったら、〝三田直樹〟と名乗られた。ほかにも社長令嬢や御曹司が来ていたが、皆慎ましくおしとやかで気品があった。育ちのいい人というのはそんな感じなのかと思っていたが直樹は違った。たかだか小学生の子どものくせに、生意気にも大人の顔色を窺って話を合わせ優等生を気取っていた。気に入られようと必死になっているのが見え見えで嫌いなタイプだったが、実際話してみるとどこでそんな話術を覚えたのかというくらいに話がうまく、その頃はあまり人と会話することが得意ではなかった俺から見れば、そんな彼が正直羨ましかった。かと言って、特に彼と仲良くしたいとも思わず距離を取っていたつもりだったが、ときどき会っては食事をしたりと腐れ縁のような交友関係が続き、今に至る。

三田屋から帰社し、長時間に及ぶ営業部と企画部の合同会議が終わった。

「おい、穂高、いまさらＫＡＭＩＹＡＭＡのアイテムをイベントにぶっこんでくるなんて、なに考えてんだ」

人気のなくなった会議室に呆れの交じったため息が響く。俺の目の前で腕と足を組んでふんぞり返っているのは、父の三人兄弟の末弟で統括企画部長である叔父だ。

俺は、ほとんどまとまりかけていた着物イベントの案件にKAMIYAMAブランドを追加すると先ほど提案した。会議に出席していた従業員たちのリアクションは案の定で目を丸くし、皆「え?」というような顔で固まっていた。叔父も今、「そんな話、聞いてないぞ」と眉間に皺を寄せている。

「イベントの全責任は俺が負う。相談もなしに勝手な行動をしたことは謝る」

もちろんKAMIYAMAは人気のブランドであることには変わりないし、追加するとしても申し分ないはず。むしろ売上の見込み額も高く、うまく広告を打ってアピールすれば、売れ残る心配もない商品だ。

「しかも消化仕入れじゃなくて完全買取仕入れだなんて、過去数十年に遡ってもそんな例はないぞ」

ここはほそぼそと説明するより、堂々とした態度を貫いたほうがいい。叔父に視線を向け、小さく咳払いをする。

「KAMIYAMAは売れ筋商品だし、買い取ったって問題はない。それよりイベントのラインアップにKAMIYAMAの商品が入ってないなんて、そっちのほうが問題なのでは？」

俺の意見について思うところがあるのか、叔父はう－んと首をひねって低く唸った。

五十にもなろうとしている叔父だが実はバツイチの独身。離婚したことで男にさらに磨きがかかった、と女子社員たちから噂されている。だらしがなくて大雑把なところもあるが、仕事の腕は確かで粗の目立つ企画でも彼がまとめると、すべてうまくいくから不思議だ。

「ＫＡＭＩＹＡＭＡの商品はマンネリ化しているということで、以前の会議でピックアップから外れたんだ。まぁ、ＫＡＭＩＹＡＭＡの商品は確かに売れるからな……。けど、タイミングってもんがあるだろ、部下の負担も考えろ」

「……それは重々承知しています」

俺の身勝手な行動で部下が不信感を抱きかねないリスクはわかっている。それでもこのイベントを利用しない手はなかった。そんな意思が伝わったのか、叔父は諦めたように盛大にため息をついて口を開いた。

「うちの部の従業員にも説明しておく、まぁ、なんとかなるだろ。その代わり、イベントが成功するように最善を尽くせよ？」

「はい」

頭を下げると、人差し指と親指で顎をさすりながら叔父がニッと笑った。こんなふうに叔父が笑うときは、大抵滞りなく事が進む。仕事のやり方や考え方は昔から叔父と似ているところがあって馬が合う。そのうち笑った顔まで似ていると言われるようになってしまったのは心外だ。

叔父に頭を下げたのは久々だったな。

会議室を出て、廊下を歩きながらふとそんなことを思う。今までは余裕で仕事をこなしてきたが、なぜか今は必死になっている。

なにに対して？　イベントを成功させるため？　それとも莉子のため……？

いくら自問しても答えは出ない。すると、廊下の角を曲がろうとしたそのとき、営業部と企画部の主任ふたりが、自販機の前でなにやら先ほどの会議について話をしているのが聞こえて足を止める。

「実はさぁ、俺もKAMIYAMAの商品は入れたほうがいいと思ってたんだよな」

「いまさらーって感じだったけど、俺も桐ヶ谷部長の提案には賛成だ。仕事ができる人だからきっと間違いないよ」

「はぁ、俺らも桐ヶ谷部長みたいにデキる男になりたいよなぁ」

そんなことを話しながらふたりはその場を後にしていった。

文句のひとつやふたつ言われても仕方のないことだと思っていたが、彼らの前向きな姿勢に思わず胸が熱くなる。

『うちの店に桐ヶ谷百貨店の元社員の子がいるんです。彼女が言ってましたよ、桐ヶ谷さんは信頼できる憧れの上司ナンバーワンだって』

以前、莉子にそんなふうに言われたことがあった。そのときは真に受けずくだらないと跳ねのけてしまったが、今部下たちの言葉を聞いてあまり人を信用していない自分が心の底から恥ずかしく思えた。

いつまでも壁を作ってばかりじゃお互い理解し合えない。歩み寄らなければならないのは俺も同じ。

まさか、彼女にそんなことを気づかされるなんてな。

先ほどの主任たちは俺の提案に賛成してくれたが、全員がそう思っているわけではない。以前は営業部長として部下たちを統率するため、反対する人間をねじ伏せるようなやり方をしたこともあった。けれど、自分自身が考えを変えなければならないときもあるのだと、俺はようやく目が覚めたように人間関係の大切さを自覚した。

「桐ヶ谷さん、いつまでそのＰＶ観てるんですか？　もしかして、どこかおかしいところがあるんじゃ……」

「え？　い、いや。自分の翻訳が間違ってないか確認してただけだ」

先日、莉子が桐ヶ谷百貨店の海外支店用に新たにPVを制作したと言って俺にデータを渡してきた。着物の着付けを莉子本人が実演しているもので、説明に英語のテロップをつけるため、気づけば一時間以上パソコンの画面と向き合っていた。日本語を英語に翻訳することは容易く三十分程度で終わった。それなのに莉子に声をかけられるまで我を忘れてPVに見入っていたのは、彼女の着物姿がやはり綺麗だったからだ。莉子が二十歳のときのものとは違い、画面の向こうに映る彼女は艶やかで華があった。カメラ目線の莉子と目が合って、勝手に胸がざわついた。

「すみません、イベント期間中でお疲れのところ……休めるときにちゃんと休んでくださいね。それと、在庫の件、本当にありがとうございました」

ＫＡＭＩＹＡＭＡの商品を交えた企画が通り数週間が経つ。それから広告の作成し直しや展示の配置換えなど、急ぎの仕事に追われて疲労困憊といったところだが、なんとか無事にイベントを開催することができた。莉子の悩みの種であった不良在庫もこのままいけばなんとか捌くことができそうだ。

「どんなに疲れようともイベントが成功してくれればどうってことはないさ、だから心配するな」

思いのほかイベント初日から開店時刻に並ぶ客が大勢いて、客足もまずまずといったところで売れ行きも好調だった。やはりKAMIYAMAの商品を取り入れたことで、客の興味をより一層引けたのかもしれない。

「桐ヶ谷さんは、いつも仕事に対して自信があるんですね」

ふと、彼女がまつ毛を下げぽつりと呟いた。

「どうした、急に」

ずいぶんしおらしいじゃないか。

始めの頃の莉子は、無理に〝嫌な女〟を演じているようにしか見えなかった。俺に嫌われようと必死になってるのがわかってからというもの、逆に本当の彼女を見てみたいという気持ちにさせられた。それが最近、徐々に素の彼女の姿が垣間見えるようになってきたから、なんとなく俺も戸惑うときがある。

「私、いつも仕事に関しては絶対に失敗は許されない。店主の娘なんだから、常に完璧にこなさなきゃ、って思っていたのに……最低ですね」

「そういう仕事へのプレッシャーが自信のなさを生むんだ。それに最高を知るには最低を知れって言うだろ？」

なにを偉そうに語ってるんだ俺は。自分だってつい最近までそうだっただろ。でも、だから莉子の気持ちもよくわかる。きっと俺にしかわからないと自惚れるくらいに。

「私、好きです」

「え……？」

今、なんて？

莉子の口から意外な言葉が出て思わず低い声が漏れた。しげしげと彼女の顔を見つめると、ハッとした表情で口元を押さえ、ものすごい勢いで首を振った。

「あ、あのっ、違うんです、好きっていうのは……その、桐ヶ谷さんの仕事への姿勢というか心構えというか」

はぁ、そんなに全力で否定しなくてもいいだろ。

おたおたしながら顔を真っ赤にして、そんなふうに弁解されると砂粒ほどの期待を抱いてしまった自分が馬鹿みたいに思えてくる。

「今回の発注ミスの失敗をバネに、桐ヶ谷さんを見習って仕事頑張ります」

グッと胸の前で両拳を握って気合いを入れ、彼女がにこりと笑う。

可愛いな。

莉子の笑顔は〝無邪気〟という言葉がしっくりくる。純真無垢というか、なんの屈託もない笑顔だ。それが俺だけに向けられていると思うと妙にゾクリとする。

きっと世間知らずの箱入り娘だと周りから言われて、それに反発するように今まで必死にやってきたのだろう。あまり自分から甘えてこないし、人に頼らないで自身でなんとかしようとする姿勢には好感が持てる。

「ああ、頑張れよ」

屈託のないその笑顔から逃れるように視線を逸らす。なぜならば、うっかり手を伸ばしたらそのまま押し倒してしまいそうになったからだ。きっと、彼女はそんなことは望んでいない。形だけの妻だと自分から言っておきながら、それに留まらずもっと深い関係を望もうとしている。

なんなんだ、この感情は……こんなの初めてだ。

戸惑いを隠すように、俺は無言で彼女の頭にポンと手を置いてグシャリと撫でた。


【今夜時間あるか？】

ミーティングを終え、ふとスマホを手に取ると面倒くさい相手から面倒くさいメールが入っているのに気づいた。

それは先日、挨拶に行った三田屋の息子、三田直樹からだった。

なんだってこう忙しい時期に……。

彼からメールが来るときは大抵、仕事でこちらまで来ていてそのついでに夕食に付き合ってくれ、というのがいつものパターンだ。正直、今は着物イベント真っ最中でできれば早く帰りたい。しかし、直樹は業界内では情報通なところがあり、俺も知らないようなことを知っていたりする。彼と親睦を深める気はさらさらないが、会って食事をするくらい別にいいかな、と思い彼に【特に予定はない】と返信した——。

この店か。

今日もそつなく仕事が終わり、直樹がメールで送ってきた店の位置情報を確認しながらたどり着くと、そこはごく普通の焼肉屋だった。

肉の焼ける香ばしい匂いが充満している店内に入る。少し進んだところで声をかけられ、そちらを向くと今しがた店に到着してジャケットを脱ぐ直樹の姿があった。

「穂高、こっちだ」

「居酒屋じゃなくて焼肉屋なんて珍しいな」

いつも直樹と会うときは気兼ねなく長居できる大衆居酒屋がほとんどだったから意外だった。

ボックス席に向かい合わせに座り、ネクタイを緩める。

「うちも今日からイベントが始まったんだ。スタミナつけたくてさ、やっぱ肉だよなぁ。あ、ビールでいいだろ？　さっき頼んでおいた」

直樹は学生時代ずっとバスケをしていたらしく、長身で俺とあまり変わらない。前髪をあげると、少し垂れ目で愛嬌のある顔立ちがよくわかる。彼は仕事は真面目、頭もいい。しかし、ひとつだけ解せないことがあった。それは……女癖が悪いこと。先週連れていた女と今週連れている女が違うなんてしょっちゅうだ。プライベートにまで口出しするつもりはないが、人間性という面ではあまり感心できる男ではない。

「ここの店、ホルモンがうまいんだ。穂高も今イベント中だろ？　今夜は決起会ってことで乾杯だ」

適当に肉を注文し、早々とやってきたビールのジョッキをぶつけ合う。直樹はビールのジョッキを呷り、ぷはっと息を吐くと不躾なくらいじろじろと俺の顔を見てきた。

「なんだ？」

「穂高、結婚したんだってな、しかもＫＡＭＩＹＡＭＡのお嬢さんと」

乾杯早々、直樹が抑えきれなくなったように直球の話題を投げてきた。

俺が結婚したと彼の耳に届いているということは、結構な範囲で話が業界内に浸透しているということだ。

どうりで最近、見合いだのなんだの言ってこなくなったと思ったら……。

女除けに莉子を利用して結婚した。そして俺の目論見通りになった。しかし、なんだかすっきりしない、むしろ罪悪感めいた後ろめたささえ感じる。

「なんで教えてくれなかったんだ、水臭いな」

唇を尖らせ、直樹が率先してトングを取って運ばれてきた肉を網の上に並べていく。

直樹は三田屋の社長と違って、昔からフランクに接してくる。相手が取引先だからとか大手だからとかそういった壁は感じていないらしい。それはそれでこちらも変に気を使わなくて済むから楽だ。

「別に、わざわざ直接そんなこと連絡しなくても耳に入ってくるだろ」

相変わらず素っ気ない返事だなと一頻《ひとしき》り笑い、直樹はジョッキのビールを呷った。

「色恋に興味がなさそうなお前がいきなり結婚したって聞いて驚いたよ、僕という存在がありながらうちの女子社員たちが毎日のように噂してる。で、結婚生活はどうなんだ？」

色恋に興味がなさそうに見られることはよくあるが正直心外だ。ただ、今まで夢中になれるような女性が現れなかっただけ。それに莉子とは打算あっての結婚だった。だからどうだ？　と聞かれても返答に困る。

「どうもこうもない。特に教えられるようなことはないな」

あたりさわりなく答えると、直樹は新しいビールを注文し、腹が減っているのかせっせと焼き上がった肉を皿に盛る。そしておしぼりで口元を拭ってから身を乗り出してきた。

「穂高、お前……まさか彼女を利用して結婚したんじゃないだろうね？」

不用意に息を吹きかけられてカッと赤く燃える炭のように一気に体温があがる。一番触れられたくない部分にいきなり土足であがりこまれた気分だ。

「なにを言っているんだ。俺はそんなに計算高い男じゃない。それになにに利用するって言うんだ」

一瞬でも動揺しかけたと気取られないように、無表情で薄く縁が色づいた肉をひっくり返す。

「そうだなぁ、結婚しとけば鬱陶しく言い寄ってくる女がいなくなる……とか」

「それはお前も考えそうなことだろ」

まったく嫌なやつだ。

ほどよく焼けた肉を摘まんでタレにつけると口に放る。そんな様子に直樹はニヤついた顔で「ふぅん」と鼻を鳴らした。追加のビールが運ばれて来ても直樹は見向きもせずじっと俺を見ている。なにが言いたいんだ、と内心居心地の悪さを感じていると直樹が口を開いた。

「親父もしょっちゅうお見合いの話を持ってくるから僕もうんざりしているんだ。だからもし、その考えが本当だったとしてもわからなくもないな。けど、莉子ちゃんなら話が別だ」

り、莉子ちゃん……だと？

直樹は昔から馴れ馴れしいところがあるが、莉子のことを〝ちゃん〟付けで呼ぶほど親交があり顔見知りだったのを初めて知った。業界内で交流会などもあるし、経営者の身内なら知り合いだったとしてもおかしくはない。

「話が別とは、どういうことだ？」

すると直樹は頬杖をつき、不貞腐れたように息を吐いた。

「実はずっと彼女のこと狙ってたんだよね。デートに誘って告白する前にお前に取られたんじゃ面白くない」

ああ、なるほど、そういうことか。

イベントで忙しい中、わざわざ俺を呼び出した理由。どうやら莉子を取られた腹いせに直接俺に文句が言いたかったらしい。

「だから彼女を泣かせるような真似したら……そのときは掻っ攫いに行く」

元々女性関係にだらしがないせいか、相手が既婚者だろうがお構いなしらしい。考え方が現実的でないというか若いというか、そう思うとおかしくて肩が震えそうになる。

「あ、今お前笑っただろ？　彼女が幸せじゃないなら僕は本気だからな」

椅子から浮かびかけた腰を戻し、直樹は不貞腐れたように肉を頬張った。

「お前が本気になったところで莉子は俺のものだからな、無駄だ」

そう言いつつも、彼に言われてハッとなる。

彼女の幸せなんて、今まで一度も考えたことなんてなかった。なぜなら、お互いに幸せになる必要がある結婚ではないと思っていたからだ。けれど、なぜか莉子がほかの男に取られることを想像したら、妙な焦燥感がこみ上げてきた。

幸せ、ね。

網の下で燃え切った炭がぼろりと崩れる。そんな様子を俺は黙ってじっと見つめていた。

第六章　解禁の先で繋がる心

「桐ヶ谷さん、本当にお疲れ様でした」

彼はイベント期間中、朝は早く出かけ夜は遅かった。日に日に疲れが目元に滲み出るようになってきて心配したけれど、なんとか今日無事にイベントが終了した。おかげで抱えていた不良在庫もなんとかすべて捌ききり、大損害の危機を免れた。父もホッとひと安心したようで、こればかりは彼に感謝してもしきれなかった。

「お疲れ、あー涼しいな」

桐ヶ谷さんは帰宅すると、すぐにネクタイとシャツを緩め、首周りを寛がせた。真夏の暑さは仕事で疲れた身体に追い打ちをかける。帰ってきたらすぐに快適に過ごせるよう、部屋にエアコンをかけておいた。それに、一応料理も自分なりに上達しようと色々練習して、今夜は煮物に挑戦してみた。

「お、なんかいい匂いがするな」

「夏野菜を使った煮物を作ってみたんですど、食べますか？」

「いいね、いただくよ」

料理は苦手だ、というのは私の勝手な思い込みで、チャレンジしてみれば案外ちゃんとしたものが作れるようになった。桐ヶ谷さんからも「美味しい」の言葉をもらった。それが嬉しくて次はどんな料理を作ろうかな、とワクワクしながら考えるのが楽しかった。お洒落するのが楽しい。恋愛小説を読んでいると自然と桐ヶ谷さんのことが頭に思い浮かぶ。

そう、最近の私は変だ。この結婚生活に以前とは違うなにかを感じている。それに、なぜか桐ヶ谷さんが近くにいるだけで、胸がドキドキと高鳴り脈が乱れそうになる。前は傍にいられるだけでも虫唾が走る思いをしていたというのに。

私、どうしちゃったんだろう。

「おい」

「は、はい!?」

いきなり声をかけられ肩がビクッと跳ねる。

「煮物、うまかった」

いつの間にか煮物を平らげ、ウィスキーを水で割っている桐ヶ谷さんがこちらを向く。

「ありがとうございます」

素直にそう言ってもらえて嬉しいくせに、なんだか照れくさくなって桐ヶ谷さんと目が合いそうになると視線を床に落とした。

「先日、莉子が作ったPVだが、海外支部のバイヤーから連絡があって好評だそうだ。それに伴って売上も上々らしい」

「ほんとですか、よかった」

自分でできることを人に教えるのは意外と難しい。理解の仕方が人それぞれ違うからだ。海外の人があのPVをどう受け止めるか心配していたけれど、好評だと聞いてホッと胸を撫で下ろした。

「莉子」

「はいっ」

今度はなにかと背筋をピンと張って顔をあげる。見ると桐ヶ谷さんはソファに腰掛け、神妙な面持ちで顔の前で手を組みながらなにか言い淀《よど》んでいる。そして小さく咳払いすると私と視線を合わせた。

「明日、一日だけ〝互いに干渉しない〟というルールを解禁しないか？」

「え……」

「もっと莉子のことを知りたい」

なにを言われたのか理解できなくて言葉に詰まっていると彼がふわりと笑った。その瞬間、階段を駆け上がるように心臓がリズムを速め、胸がきゅーっと締め付けられるように苦しくなった。

明日は土曜日でお互いに仕事は休みだった。

私も、彼のことをもっと知りたい。

そんな思いが迫り上がってきて、私は迷うことなく「はい」とだけ答えた。

翌日の土曜日。

これって、デートって言っていいんだよね？

互いに干渉しないルールを解禁して、私は朝からずっとそわそわしていた。

車で都心部郊外にある大型ショッピングモールで遅めのランチを済ませ、落ち着いた頃合いで化粧室へ入る。考えてみたら結婚してから数ヶ月経つけれど、今まで夫婦らしいことをしたことがなかった。一度だってデートすらしたこともない。だからふたりで並んで歩くだけで気恥ずかしくてたまらなかった。

はぁ、なんで急に解禁だなんて……。

桐ヶ谷さんが私のことをもっと知りたいと言ったとき、きっと嫌だったら反射的に

NOと答えていたはずだ。けれど、私の心拍数は急上昇し自分の心臓の音まで聞こえてきそうなくらいに胸が弾んだ。そして、私も彼と同じ気持ちでいることを思い知らされた。

化粧室の鏡に映る自分の顔はほどよくメイクを施し、耳には普段はしないピアスが揺れている。服も今日は着物ではなく、ライトブルーのサマーセーターに涼しげな花柄が入ったマキシスカートで、仕事中は結いあげている髪の毛も今日は櫛で梳いて下ろしている。

桐ヶ谷さんはライトベージュのチノパンに白いシャツの上からテーラード襟のサマージャケットを羽織っている。いつもカチッとしたスーツに見慣れているから、こういう普段着の彼はなんだか新鮮だった。

「すみません、お待たせしました」

化粧室から出ると、桐ヶ谷さんが「そろそろ場所を移動しよう」と言ってきた。私があまり人だかりに慣れていないことを知っていて、たぶん気を使ってくれたのだろう。

「場所を移動する前になにか欲しい物はないのか？」

「ええ、素敵な物がたくさんありすぎて、見ているだけでも満足です」

久しぶりにこういうところに来た。学生の頃はよく友人と一緒に買い物に出かけたりしたけれど、社会人になってからアクセサリーや服など女性らしい趣向から遠ざかってしまった。いざというデートのときのために思い切りお洒落をするものだけれど、ショーウィンドウに映る自分の姿はなんだかパッとしなかった。

「莉子、行きたいところはあるか?」

ショッピングモールの駐車場へ戻ってきて車に乗ると、桐ヶ谷さんがナビを立ち上げる。

今日は午前中ゆっくりしていて出だしが遅かったせいか、すでに夕方に差し掛かっている。けれど日が沈むには早く、夏の太陽はまだまだ時間に余裕をくれるようだ。

「はい。よければ連れていってもらいたいところがあるんですけど」

「ん?」

「遊園地です」

目的地をセットしようとした彼の指がピクリと止まる。

遊園地だなんて、やっぱり少し子どもっぽかったかな。

行きたいところと言われてすぐに思い浮かんだのが遊園地だった。興味はあれど実は今まで遊園地に行ったことがなく、きっと観覧車やメリーゴーランドなどきらびやかで夢のような空間なのだろうと想像を膨らませていた。

「ここもそうだったが遊園地も人が多いぞ？　疲れてないのか？」

「大丈夫です。せっかくのデートですから、そんなこと言っていられません」

「デート……ね」

無意識だった。デートと思っているのは自分だけかもしれないことをすっかり忘れていた。ハッと口元を押さえるが言葉に出てしまってからじゃもう遅い。

「あ、あのっ、デートというか、なんというか……」

慌てて誤魔化そうとすればするほど耳まで真っ赤になっていくのがわかる。そんな私を見て、桐ヶ谷さんが噴き出した。

「デート、だろ？　それ以外になにがあるんだ」

そう言って私の頭にポンと彼の大きな手がのせられる。クスリと笑う口元に柔和な笑みが浮かんでいて、思わずそれに目が奪われる。

ど、どうしよう。

皮肉交じりの笑みとは違う、優しくて甘いその微笑みにトクンと心臓が揺れる。桐ヶ谷さんのことを想うとうるさいくらいに鼓動が鳴り、全身に熱を持つ。彼の言葉に一喜一憂して、ときに切なくなるような、自分でも説明がつかないこの感情に気づいていたくせに向き合おうとしなかったのは、まだ自分の中で歯止めが利いていたから。

でも、もうこれ以上自分に嘘をつけそうにない。

私、桐ヶ谷さんのことが好きなんだ……。

こんなタイミングで恋心を自覚してしまった。今まで異性に対してここまで心惹かれたことはない。結婚した当初、あんなに離婚したいと切に願っていたのに、ガラッと気持ちが反転した。それだけ桐ヶ谷さんは人を惹き付ける力がある。その魅力に不本意ながら気づいてしまった。すでに結婚して夫となっている相手に初めて恋心が芽生えるなんておかしな話だけど、なぜ恋に落ちてしまったかなんてわからない。

まるでぽっかり空いた穴に落ちて、遠くに見える空をぼんやり眺めているような気分で、私は走る車の外に流れる景色を見つめた。

桐ヶ谷さん、好きです。

胸の中で呟いた世迷言は、きっとこの先も彼に伝えることはないだろう。

桐ヶ谷さんに連れてきてもらった場所は、ランチをしたショッピングモールから一時間ほど車を走らせた臨海副都心地区にあった。しかも今夜は花火大会が催されるらしく、海浜公園にはすでに多くの人が集まっていた。

「わぁ、すごい人ですね、花火があること知っててここに来たんですか？」

「どこの遊園地がいいかさっきスマホで調べたときに知ったんだ。花火なんて何年も見てないし、夏っぽくて風情があるだろ？」

桐ヶ谷さんの口から〝風情〟なんて言葉が出てくるなんて意外だった。そんなこと言ったら怒られるかもしれないけれど、案外感受性豊かな人なのかもしれない。そう思うと、ますます彼という人に興味が湧く。

「人口的に作られた浜辺ってわかっていても綺麗ですね、こういうところ初めて来まし……わっ！」

うっかりスカートの裾を踏みそうになって足がもつれてしまう。

「おっと、初めてだからってはしゃぐのもいいが、足元には気をつけろよ？　お姫様」

「は、はい。すみません」

口元を緩め、スッと私の目の前に手を差し伸べてくる桐ヶ谷さんがなぜかキラキラした王子様に見える。つい見惚れてしまって返事が遅れた。茶化されつつ、心なしかはしゃいでいる自分が恥ずかしくなる。彼が咄嗟に支えてくれなければ、今頃人前でみっともなく転んでいた。

「ほら、手、繋いでろ」

桐ヶ谷さんの逞しい腕に触れてドキドキしていると、彼が不意に私の手を取った。

周りは若いカップルがほとんどで、皆当たり前のように手を繋いだり腕を組んだりしている。私たちもそのうちの一組になるんだろうけれど、気恥ずかしくて俯いてしまう。

「あ、観覧車があるぞ」

桐ヶ谷さんの声にハッと顔をあげると、七色のイルミネーションが藍色に染まりかけた空にキラキラと輝いているのが見えた。

「乗りたいか？」

「えっ？」

観覧車なんて興味がなさそうに見えるのに、そう言われて返答に困る。すると彼は茶化すようにニッと笑った。

「なんだ、もしかして怖いのか？」

「べ、別に怖くなんてありませんよ、子どもじゃあるまいし」

「じゃあ、せっかくだし乗るか」

繋いでいた手をギュッと握り直すと、桐ヶ谷さんは私の手を引いて観覧車待ちの列へ歩き出した。

どうしよう、観覧車なんて乗ったことないし、第一私は……。

極度の高所恐怖症だ。

怖くないって言っちゃった手前なにか理由がないと……お腹が痛くなったとか？　目眩がするとか？

うーん、これじゃ変に心配かけちゃうかもしれないし。

「ほら、なにボサッとしてるんだ、行くぞ」

「は、はい」

乗りたくない口実をあれこれ考えているうちに順番が回って来て、動いたままのゴンドラにぎこちなく乗り込む。指先に触れると固く冷たくなっていた。

観覧車といっても直径百メートルの高さ一一六メートルもある大観覧だ。チケット売り場に表示されていた施設仕様を見てゾッとした。一周十八分ほどだけれど、その時間が果てしなく長く感じる。なるべく外を見ないように俯いて、怖いもの見たさにチラッと試しに横目を窓に向けると、すでに日が落ちて街の夜景が浮かんで見えた。

観覧車に乗っていなければ、「わぁ、綺麗！」ってなるんだろうけど、今の私にそんな余裕はない。

「莉子、そんなふうにずっと俯いてたら、乗った意味ないだろ？　そろそろ花火もあがるんじゃないか？　観覧車から見る花火なんて初めてだ」

まんざらでもなく楽しんでいるような桐ヶ谷さんに、引き攣った笑みを返すのが精一杯だった。なにか会話をして気持ちを誤魔化そうと口を開きかけたそのとき。

「きゃっ！」

いきなりドーン、という爆発音がして大げさなくらいに全身が飛び跳ねた。そして無意識に向かいに座る桐ヶ谷さんの横へ飛び込んで、目元が痛くなるくらい固く目を閉じた。

「やっぱり強がってムキになってたんじゃないか、本当は怖いんだろ？」

頭の上で桐ヶ谷さんがクスクス笑っている声が聞こえる。今の爆発音はどうやら花火が打ち上げられた音のようだ。

「最初から強がってるってわかってたならわざわざ乗らなくったって……わっ」

目を閉じたまま、震える唇を動かして彼に抗議している間にもドンドンと花火が上がっている。今の状況でそれを楽しむことなんてできない。

「ほら、もっとこっちに来いよ」

身を固くして縮こませていると、彼が私の腰に手を回して引き寄せる。すると、ふわりと大人な男性を想像させるような爽やかなフレグランスが鼻腔をくすぐって、次第に密着したところから桐ヶ谷さんの体温が伝わってきた。同時に、不思議と乱れる鼓動も落ち着きを取り戻していく。

「ゆっくりでいいから目を開けてみろ」

恐る恐る言われたとおりに瞼を開け、顔をあげるとすでにゴンドラは頂上付近に到達していた。気がつけば、くっきり皺が寄るくらい桐ヶ谷さんの袖を必死に握り締めていた。

やっぱり、怖い。

そう思ってまた身体が固くなり始めたとき、私を抱き寄せる彼の腕に力がこもる。

「こうしててやるから、それなら怖くないだろ？」

そう言われると、なぜか不思議と恐怖感が湧いてこなかった。眼下に広がる遊園地の灯りが宝石のようにきらめいて、思わず「綺麗……」と口からこぼれるほど、穏やかな気持ちに包まれた。

「高いところは苦手ですけど、こういう素敵なシチュエーションでデートするのにずっと憧れてたんです」

桐ヶ谷さんの温もりの中でだけなら不安も恐怖も感じない。花火が打ち上げられる音にも動じない。夜空が光の炎に彩られ、彼に握られていた私の手はすっかり温まり、熱いくらいだった。

「テレビや小説に出てくるような大人な恋愛に憧れていたって、前にそう言っていたし、だからこういう場所も好きなんだろ？」

以前、不本意な結婚に絶望して、なにを期待しているんだと聞かれたとき、やりきれない怒りと本心を彼にぶつけたことがあった。ただの戯言だと受け流されたと思っていたのに、まさか、それをずっと覚えていたなんて……。

「だから観覧車に乗ろう、って言ってくれたんですね」

夜景から視線を桐ヶ谷さんへ移すと、彼がふっと目元を緩めた。

「莉子、俺は――」

桐ヶ谷さんがなにかを言いかけたそのとき、ドーンという一層大きな花火の爆発音がその声を掻き消す。それは一瞬のことで、唇は動いているのに肝心の言葉までは私に届かなかった。

「え？　今なんて？」

なにか重大なことを聞き逃してしまったのではないかと、もう一度聞き返す。すると、桐ヶ谷さんの頬がほんのり朱に染まっているのがわかった。

「なんか桐ヶ谷さん、顔赤くないですか？　どうし――」

「もう黙れ」

不意に私の顎を取り、上向かせると唇に柔らかなものが触れる。

そのキスの甘さと熱さに私の身体はたちまち溶かされて、抵抗することもせず離れては押し付けられる彼の唇を受け止めた。すると次第に心臓が破裂しそうなくらいに鼓動が高ぶり始め、息も絶え絶えになってくる。

「き、桐ヶ谷さ……もう」

唇が離れても、じんと痺れるような感覚に呂律が回らない。完全に蕩けた顔で桐ヶ谷さんを見上げると、彼が切なげに眉を顰めた。

「俺は夢中になるとどうしようもなく堪えが利かなくなるみたいだ。お互いに干渉しないだなんて、そんなルール……もう守れそうにない」


玄関のドアが閉まると、荒々しい息づかいだけが部屋に反響する。

先ほどまで遊園地にいたかと思えば、もうマンションだ。帰りの車の中で桐ヶ谷さんとなにを話したかもう覚えていない。とにかく、身体の中で渦巻く熱を抑えつけるので精一杯で、帰宅した途端にそれが一気に爆ぜた。

初めて入る桐ヶ谷さんの寝室をじっくり観察する間もなく、私はダブルサイズのベッドに押し倒されてマットレスに身を跳ねさせた。

「あっ、桐ヶ谷さん、待って」

性急に求め合ったのはいいけれど、夏の暑さか交わし合う体温のせいか身体がしっとりと汗ばんでいた。シャワーを浴びないと、という理性はまだ残っていたというのに、「待たない」と一蹴されてしまった。

桐ヶ谷さんの大きな身体がのしかかってきて、息苦しさに喉を反らすとそのまま唇を塞がれる。

「ん……っ」

半ば強引に舌で唇をこじ開けられてビクッと背中がしなった。弾力のある舌が押し入ってきて、私は反応に戸惑いながらもおずおずと舌を絡めた。

「莉子、今夜はもう歯止めが利かなさそうだ。このまま抱くぞ」

桐ヶ谷さんが身を起こし、煩わしそうにワイシャツを脱ぎ捨てる。

寝室はベッドサイドにあるスタンドライトの間接照明のみで、顕になった彼の逞しい胸板になんだか腰がそわそわしてきた。

「怖いか？」

「いえ、桐ヶ谷さんがしてくれるならなんでも……」

こんなふうに男性と求め合うのは初めてだ。あんなに嫌だった彼だけど、愛おしいという感情に目覚めてしまってからは、桐ヶ谷さんが与えてくれるものすべてを受け止めたくて、欲しくてたまらなくなった。

「あのな、そういうこと言って煽って後悔しても知らないからな」

煽ったつもりなんてなかったと、弁明する隙もなく桐ヶ谷さんの腕の中に強く抱き込まれ口づけられる。その胸にすがりつき、自ら口を開けてその熱い舌を迎え入れたら、優しく首筋を撫でられた。めろめろと全身の力が抜け落ちて、口腔内をかき混ぜられると何度も小さく身体が跳ねた。そしてついに私の服に手がかかる。

「莉子の全部が見たい」

私は真っ赤になっているであろう顔を両手で覆いながらコクンと頷くと、そのままサマーセーターが捲し上げられて、気づけば全裸になっていた。誰にも見せたことのない素肌が外気にさらされて心許ない、恥ずかしいを通り越しておかしくなりそうだった。

「綺麗だ」

「や……」

居た堪れなくなって膨らみを隠そうとすれば腕を退けられ、桐ヶ谷さんがゆっくりと胸の感触を確かめるように触れた。熱い手のひらで肌を撫でられると皮膚の下がざわついて落ち着かない。身を捩ろうとしたら首筋に唇を押し当ててきて、きつく吸い上げられた。

「いや……あっ」

肌に微かな痛みが走る。けれどその痛みが徐々に心地よくなって、まるで媚薬のようだった。

桐ヶ谷さんの息が上がっていて、徐々に余裕を失っているのがわかる。普段は冷静沈着で堂々としてるのに、こんな彼の表情を見たらたまらなくなる。

彼が愛おしい。

喉まで出かかっているのに、この想いをどんな言葉で伝えたらいいのかわからない。

祖母から、〝女性は慎ましくおしとやかに〟〝感情を表に出すことは、はしたないこと〟と言われてきた。古風で歳をとっても気品のある人だったけれど、今の私にその教えはもう無意味だ。

私が不良在庫を抱えて途方に暮れていたとき、彼が救いの手を差し伸べてくれた。形だけのなんの情もない妻だったら、そのまま知らぬふりをしてもよかったのに、彼の仕事の敏腕さに圧倒された。桐ヶ谷さんみたいに仕事ができる人になりたい、という憧れから始まったのかもしれないけれど、彼の本当の笑顔を見た瞬間、胸が矢に射抜かれた感覚がした。憧れからすでに恋に変わっていたのに、わざと気づかないふりをしていたせいで素直になるのに時間がかかってしまった。

「桐ヶ谷さん、私……すごくおかしなことを言うかもしれませんが、笑わないで聞いてもらえますか？」

なんだ？　というふうに首を傾げている桐ヶ谷さんを見つめ、静かに息を吸い込む。

「好きです。桐ヶ谷さんのことが……」

ようやく吐き出した言葉は、今にも裏返りそうで薄暗い部屋に響いた。

「あんな濃厚なキスをして、今俺たちは裸で抱き合ってる。いまさらだろ？」

「そんな、事後承諾みたいなこと言わないで、その……桐ヶ谷さんもちゃんと言ってください」

態度で示されてもやっぱりその言葉が欲しい。彼は私を見下ろして、私の告白を聞くとそれに驚いたのか、一瞬だけ呼吸が止まってそれから密やかに笑った。

「俺はもう先に言ったけどな」

先に言った……って、なにを？

桐ヶ谷さんの意外な返事にきょとんと目を瞬かせる。けれど、そう言われて心当たりがないわけではなかった。

『莉子、俺は――』

あのとき、花火の爆音で掻き消されてしまったけれど、観覧車の中で確かに彼は私になにかを言いかけていた。

「俺はお前が好きだって、観覧車の中でそう言っただろ?」

桐ヶ谷さんが、私のことを好き?

彼へのこの気持ちはきっと一方通行だ。そう思っていた。まさか桐ヶ谷さんに想いが通じるなんて……そう思うと涙が滲んで視界が揺れそうになる。

「ほ、ほんとに? もう一回好きって言ってもら――」

桐ヶ谷さんの顔が近づいて、言葉の代わりにキスで唇が塞がれる。とろとろと口の中に甘いものが流れ込んでくるような感じに、全身から力が抜けていく。

「やだ、ぁ」

くすぐったさと身体の芯が疼くむず痒さで何度も小さく声が漏れた。

「あ、いや……」

「やだやだ言ってる莉子は、最高に色っぽいな」

熱く見つめてくる視線に耐えられなくなって、私を組み敷いているその身体の下へもぞもぞと潜り込んだ。

「まったく、そういうのも可愛く見えるからほどほどにしてくれよ」

苦笑い交じりに呟いて、さっと彼の表情が真剣なものに変わる。

「初めは望まない結婚だったかもしれない。けれど、気持ちが後から追いついてきた。そう考えていいんだな？」

もうこの結婚に一切の拒否はない。彼は私の意思を確かめたくて聞いているのだ。

一線を越えた関係になるために。

コクンと頷くと、桐ヶ谷さんは満足げに唇を弓形にしてクスッと笑った。

「ひっ……ぁ」

不意に敏感なところに触れられて腰から甘い痺れが滲み出た。彼から与えられる刺激ひとつひとつが初めてで、戸惑いつつも説明がつかないくらいの快感に目が眩みそうになる。

「こういうこと、初めてなんだろ？」

緊張で身体が小刻みに震えているのに気づいた彼が、優しい口調で私の肩を撫でた。

桐ヶ谷さんから与えられるものならなんでも受け入れたい。そう思っているのに、初めての行為に一抹の不安を隠せなかった。

「優しくする。慣れるまでつらいかもしれないが……決して無理はしない。嫌だったらすぐ言ってくれ」

それは、これから私と桐ヶ谷さんが身体を繋げてひとつになるということを示していた。余すところなくキスをされ、濡れた吐息がくすぐったくて身を捩ると、遅れて彼の熱い舌が這う。注がれる快楽に私は何度も絶頂を味わい、本当に愛されているのかという半信半疑な憂いも、桐ヶ谷さんの熱量で溶かされていく。

「莉子、好きだ。今夜は骨までしゃぶり尽くしたい」

もう一度聞きたかった言葉を耳元で囁かれ、ちゃんと愛されているのだと、その想いを身体に刻んだ。

「莉子はどこを触られても気持ちよさそうにしているな」

「だって……桐ヶ谷さんがそうするから」

恥ずかしくなるようなことを言われ、喉の奥が震える。すると、桐ヶ谷さんが不敵な笑みを浮かべた。

「それって上手だって自負していいのか?」

彼の手が止まると、知らず知らずのうちに刺激と快感を貪欲に拾い集めようとしている自分に気づく。

「も、もう……」

桐ヶ谷さんらしいな。そう思ってクスリと笑ったら、唇をきつく吸い上げられた。

「んんっ――」

息ができない。苦しいけれど心は満ち足りて舌先がじんと痺れる。甘い痺れは背筋に伝わり、つま先に駆け抜ける。それが全身に回ると、身体の奥の芯が熱く疼いて無意識に内ももをこすり合わせる。

彼の澄んだ瞳に吸い込まれる。そこに熱に浮かされたようにうっとりと蕩けた自分の顔が映っている気がして、肌が羞恥の火照りを増すのがわかった。

「桐ヶ谷さん、好き……」

とろりとしているであろう顔を覗き込まれる。そして桐ヶ谷さんは熱っぽく目を細めて耳元にキスを落とし、噛みつくように唇を塞いだ。

「んっ……」

身動きも折れないほどきつく抱きしめられる。箍が外れたかのような律動に甘く崩されて、望めば望んだだけ与えられこの上ない充足感に私はゆっくりと目を閉じた。

第七章　白無垢の願い

一線を越えたあの夜以来、傲慢な態度とは打って変わり、桐ヶ谷さんは優しく気遣ってくれるようになった。私も、以前は彼の顔を見たくなくて自室で過ごしていたけれど、リビングにいる時間のほうが増えた。

今夜は沙奈に誘われて、久しぶりにふたりで仕事帰りにイタリアンの店に立ち寄った。まだまだ残暑が厳しい日が続いていて、私は店に入るなり氷水をグッと呷る。

「私もこんなふうになるなんて、思ってもみなかったんだけどね……」

近況報告として、桐ヶ谷さんとうまくいきそうだと沙奈に伝えると、散々嫌がってたくせに、と文句を言われるどころかにこり顔で喜んでくれた。こんな自分勝手な自分に笑顔を向けてくれる友人はやっぱり彼女しかいない。

「そうなんだ、よかったじゃない。おめでとう」

おめでとう、と言われてこそばゆい。正直、まだ〝形だけの妻〟という言葉が胸に引っかかってはいるけれど、桐ヶ谷さんと気持ちがひとつになれたことが嬉しくて、不思議と沈んだ気持ちになることはなかった。

「沙奈にも桐ヶ谷さんのことで話を聞いてもらっちゃったし、ありがとうね」

「ううん、そんなことない……」

あれ、なんだか今日の沙奈、ちょっと元気ない？

ゆるゆると首を振って微笑む彼女の表情に影を感じたのは気のせいか、すると私の怪訝な視線に気づいて沙奈が笑みを深くした。

KAMIYAMAの近所にあるこの店は、時間があるときたまに沙奈と訪れる。カンツォーネが流れる店内にはテーブル席とカウンター席があり、合わせて十席ほどのこぢんまりとした空間だ。仕事終わりのOLもちらほら見えて、女性にも人気がある。

「お待たせしました、こちらアラビアータになります」

エントランスのボードに書かれていた本日のおすすめであるアラビアータを注文すると、さっそく運ばれてくる。フレッシュなトマトにプリプリとしたエビが入っていて、ピリッとした辛さが癖になる一品だ。

そうだ、今度桐ヶ谷さんにも作ってあげようかな、辛いの平気だったかな……？

今まで料理なんてしなかったのに、桐ヶ谷さんに「美味しい」と言われたくて、最近は毎日のように料理を作っている。自分でも少しは上達したかな、と思えるようにもなってきた。

「ここのアラビアータ、初めて食べたけど美味しいね」

「……うん、そうだね」

やっぱり今日の沙奈は変だ。

そう感じ始めたのは、食事を終えてお互いにひと息ついた頃だった。いつもみたいに笑ってはいるけれど、どことなくそわそわしているというか、話していてもたまに上の空だったりして、鈍感な私でもさすがにおかしいと気がついた。

「沙奈、どうかしたの？」

「え？」

「なにか話したいことがあるんじゃない？　それともなにかあった？」

沙奈とは高校からの付き合いだ。言いたいことがあるのにうまく言葉に出せないとき、何度も唇を舐めるのが彼女の癖。私がそれを見抜いて尋ねると、沙奈が苦笑いして小さくコクンと喉を鳴らした。

「やっぱりわかっちゃったか、うん、ずっと言おうと思ってたんだけど、なかなかタイミングが掴めなくて……今夜はちゃんと話すつもりでここに誘ったんだ。一番に莉子に言おうと思って」

沙奈から食事に誘われるのはしょっちゅうだけど、なんとなく今日の誘いには違和感があった。そのときは気のせいだと思って気にも留めなかったけれど、やはりなにかあるらしい。

「私ね、結婚するの」

いきなり伝えられた沙奈の結婚話に驚いて、目を丸くしたまましばらく言葉が出てこなかった。

え？　け、結婚……？

唯一無二の友人が結婚する。そう考えたらじわじわと喜びがこみ上げてきて自然と口元が緩んだ。

「おめでとう！　彼氏がいたことは知ってたけど、そんな話になってたなんて……ごめん、ちょっとびっくりした」

沙奈の彼氏は水橋誠也《みずはしせいや》さんといって、学生時代から彼女と付き合っている。中学生から野球をやっていて、ハキハキとした爽やか青年だ。

水橋沙奈になるのかぁ。

一旦、落ち着こうとひとくち水を飲んで息を吐くと、今度は親友が幸せになるんだと感極まって涙が滲んできた。

「ち、ちょっと莉子ってば、大げさだなぁ」

「だ、だって」

俯きながらスンスンと鼻を鳴らしていると、沙奈が再び改まって「それでね……」と続きを口にした。

「来月いっぱいでKAMIYAMAを退職しなきゃいけなくなっちゃって」

退……職？　ええっ!?

結婚の話も驚いたけれど、それに加えて予期せぬことを言われ、俯いていた顔を跳ね上げた。

「うちの店を退職って、どうして？　あ、もしかしておめでたとか？　それなら産休があるから辞めなくてもいいし、体調が優れないなら早めに休みに入ってもらっても構わないのに」

「違うの」

沙奈は親友でもあり仕事でも苦楽をともにしてきた。結婚はともかく、退職すると聞いて私は食い下がるように訴えかけた。けれど、沙奈は静かに首を振る。

「先日、急に彼のアメリカ転勤が決まったのよ。それをきっかけに結婚しようってことになってさ」

「アメリカ……」

だから退職しなきゃならなくなったんだ、とそれを聞いて納得がいった。いくらなんでもアメリカから通勤してなんて言えない。

「それで、いつ行くの？」

「二ヵ月後。でも仕事もギリギリまでちゃんと続けるつもりだからね」

沙奈は心配しないで、とにこりと笑う。店の人員が減る心配よりも、私は沙奈が遠くへ行ってしまうことの寂しさのほうが大きかった。

「二ヵ月後っていったら、退職してすぐ行くってこと？」

「うん、こっちのほうが友達も多いし、急遽結婚式も来月挙げることにしたの、だからその準備も今してて……式は親族のみでやることになってるんだけど、披露宴には来てね」

私も親友の晴れ姿が見たい。でも、いきなり聞かされたアメリカ行きに気持ちは複雑だった。

「もちろんよ、そういえば、水橋さんってお仕事なにしてるんだっけ？」

「あれ、莉子知らなかった？　彼、私と同じ職場だったのよ、桐ヶ谷百貨店本店の。今は営業部にいるんだけど、フロリダ支店に転勤が決まったんだ」

大学も同じで職場も同じなんて腐れ縁ね、と苦笑いしつつも沙奈の顔には幸せが滲み出ていた。

彼女の結婚に嬉しいような、寂しいような漠然とした感情が入り交じり、私は力ない笑顔を返すことしかできなかった。

桐ヶ谷百貨店……。

沙奈の彼氏の転勤に、あの人の影が一瞬頭を過り、私はわずかに視線を落とした。


「なにかあったのか?」

マンションに帰ってきてからもずっと沙奈がアメリカへ行ってしまうことばかり考えてしまい、何度も涙が溢れそうになるのを堪えていた。桐ヶ谷さんはたぶん気づいていて、しばらくそっとしておいてくれたけれど、あまりにも凹んでいる私を見兼ねて声をかけてきた。

気持ちが通じ合って以来、〝お互いに干渉しない〟というルールはいつの間にか解禁になって、仕事のこととか小さな他愛のないことも、彼とよく話すようになった。

「今日、友達と食事に行ったんですけど……」

『彼、同じ職場だったのよ、桐ヶ谷百貨店の』

『今は営業部にいるんだけど、フロリダ支店に転勤が決まったんだ』

沙奈からそれを聞いたとき、桐ヶ谷さんのことが頭に浮かんだ。おそらく、水橋さんの上司は桐ヶ谷さんだ。もしかしたら海外転勤の辞令を出したのも……。そう思うと、なんとも言えない複雑な心境になる。

なにも考えなしに言葉を口にしたら「どうして海外転勤なんてさせるんですか」「私の大事な親友の彼氏なのに」と、とんでもなく自分勝手なことが口をついて出そうになってしまう。

「水橋のことか？」

「え？」

この悶々とした気持ちをどうやって話そうかと思案してると、すでになにもかも知っていると言うような口ぶりで桐ヶ谷さんがソファに座る私を見た。その表情は笑うでもなく怒るでもなく、彼もなにか考えているような様子で私の隣に腰を下ろした。

「水橋さんのこと、知ってるんですか？」

「水橋は俺の部下だ」

やっぱり。

桐ヶ谷百貨店に勤めていて、しかも本店の営業部となれば彼が水橋さんを知らないはずがない。

「水橋に辞令が出たとき、話は彼から全部聞いた。北見沙奈がうちの元従業員だったことも、水橋の恋人だったことも……そして、その彼女が現在お前の店の従業員で友人だったこともな、その様子じゃ転勤の話も聞いたんだろ？」

コクンと小さく頷くと、桐ヶ谷さんは私が消沈している理由をすべて悟ったように、頭をポンとひと撫でした。

「水橋のフロリダ行きは前々から人事部で話が出ていたんだ。けど、お前と同級生でしかも恋人の友人が莉子だと聞いて、少し気がかりではあったが……この転勤は彼にとっても出世する最大のチャンスだと思っている」

そんなふうに言われなくてもわかっている。

私は小さく息をつき、肩を落とした。

「桐ヶ谷さん、水橋さんに転勤の辞令が出る前に沙奈のことや私との関係を知っていたら、転勤に反対しましたか？」

「いや、しないな」

彼らしくなんの躊躇もなく答えた後、チラリと私に視線を向けた。

「俺を恨むか？　大事な友達を奪ったと」

私が沙奈の話をしたら、きっと彼はそう思うだろうとわかっていた。これは会社で決まったことで桐ヶ谷さんの独断ではない。それに、水橋さんの上司として彼の仕事ぶりを信じているからこそ、反対しないで水橋さんの背中を押したのだ。

「恨むだなんて、そんなふうに思うわけないじゃないですか。水橋さんと沙奈の将来を見据えてくれたんですよね？」

てっきり責められると思っていたのか、私の意外な言葉に桐ヶ谷さんが目を丸くする。

「確かに沙奈が遠くに行ってしまうのは寂しいですけど、桐ヶ谷さんがあのふたりを応援してくれるなら嬉しいです。海外転勤に水橋さんが選ばれたのも、仕事ができるからなんでしょう？　それを認められるなんてすごいことですよね」

本当は寂しくて仕方がない。沙奈と一緒におしゃべりしながら登下校したり、旅行に行ったり買い物したり、どの光景を思い出しても楽しいものばかりで、こみ上げてくる感情を吹き飛ばそうと力なく笑って言葉を並べる。

「水橋さん、帰国したら出世して役職クラスの道も開けますよね、沙奈だって、もしかしたら赤ちゃん連れて帰ってくるかもしれな――ッ!?」

いよいよ涙声になってきたそのとき、スッと桐ヶ谷さんの腕が伸びてきて勢いよく胸に引き込まれた。

「俺が傍にいるだろ」

包み込むように抱きしめられると寂しい想いを拾い上げられたようで息が止まる。

声も出せず、不意に涙が目の縁から溢れた。

唇を噛んで嗚咽を殺すけれど、背中の震えは隠せない。すぐに桐ヶ谷さんが私の顔を覗き込んでポロポロと頬を伝う涙を親指で拭ってくれた。

「寂しい気持ちを怒りにして俺にぶつけたっていい。けど、お前はそんな弱い女じゃないだろ?」

コツンと私の額に桐ヶ谷さんの額が軽くぶつけられ、細く吐かれた息が唇をくすぐった。

「お前の強がりも、俺にとったら可愛いものだ。けど、ひとつ言わせてくれ」

額が離れると、桐ヶ谷さんが少し不機嫌そうに唇をへの字に歪める。

「俺の目の前で、ほかの男を褒めちぎるようなことを言うなよ、しかもそいつは自分の部下だぞ」

妬いている自覚があるのか、見ると頬が少し紅潮して耳までほんのり赤い。なにもかもスマートにやりこなしてしまいそうな彼だけど、こういうところは不器用で、なんだかホッとしてしまう。

「桐ヶ谷さんもそんなふうにやきもち妬くんですね」

クスリと歪めた口元に手の甲を当てると、桐ヶ谷さんにその手首を摑まれる。

「うるさい。さっきまでピーピー泣いてたやつが、生意気言うな」

「あ、んっ……」

顎を捕らえられ、上向かされた唇に嚙みつくようなキスをされた。

「んんっ」

触れるだけの甘いキスじゃない。唇の隙間から熱い舌が滑り込んできてビクンと肩が跳ねた。

こんな獰猛で野性的なキスは初めてだ。肉厚な舌に口の中が翻弄され、彼のそんな一面に背筋がしなる。呼吸さえ吸い上げられそうになって、私は咄嗟に彼の腕を摑んだ。

「き、桐ヶ谷さ……ん、ふぅ……っ」

音がするほどのキスについていけない。舌を舐められ、唇の端から唾液が滴る。

「お前が欲しい。今、すぐ」

キスから解放されると、いつでも再び口を塞がれる距離で彼が熱く囁いた。

桐ヶ谷さんが私を求めている。

その証拠に桐ヶ谷さんの息も弾みかけていて、澄んだ瞳は艶っぽい。

恥ずかしさで頬に熱を持ちながら、私は小さくコクンと頷いた。

ベッドの上でお互いに一糸まとわぬ姿で身体を絡め、熱を交わす。

「桐ヶ谷さん、好き……」

掠れた声で呟けばキスをされ、濡れた唇を擦り合わせたら「俺もだ」と彼がとろりと囁いた。

もう、私の中で彼と離婚したいだなんて気持ちは微塵もなく、むしろ愛されたくて、桐ヶ谷さんを独り占めしたくてたまらなかった。映画やドラマに出てくるような甘い恋愛に憧れ続けていたけれど、本当の恋愛はもっともっと情熱的で、激しい。

「あ、あぁ」

「莉子、っ……」

エアコンが効いているはずなのに、額には玉のように汗が噴き出てベタリと髪の毛がまとわりつく。けれど、それを不快と感じる余裕もなく、私は組み敷かれた彼の下で与えられる快感に背筋を震わせた。

「まったく、俺がこんなにお前に夢中になるなんて、想定外だったな」

弾んだ息を吐きながら、桐ヶ谷さんが私の耳元でこぼす。

「最初はなにも知らない生意気な、ただの箱入り娘だと思っていた」

桐ヶ谷さんは親指の腹で何度も私の頬を撫で、目を細めて優しく笑って私を見下ろした。

「形だけの妻だなんて、ひどいことを言ってしまった。すまない」

後悔している。と、顔を曇らせ声のトーンを落とす。

それはずっとずっと胸の奥で引っかかっていたことだった。そんなふうに言われたら、期待していいように解釈してしまいそうになる。

「じゃあ、形だけの妻っていうのは……」

「撤回する。莉子、いまさらだが、俺の愛する妻になってくれ」

甘く囁かれたその瞬間、桐ヶ谷さんと目が合ったまま時が止まった。

信じられない。桐ヶ谷さんが、私を愛しているなんて……。

もっと言葉が欲しい。

桐ヶ谷さんが与えてくれるものならなんでも欲しい。自分の隠れた貪欲で浅ましい部分に触れると、恥ずかしさを通り越して呆れさえする。

「莉子、愛してる。けど、こんな言葉よりももっとお前が愛おしいんだ。全然足りない」

唇、首筋、鎖骨に甘噛みされてめためたと力が抜けてくる。

「ひゃ、あぁっ」

突如として敏感なところを唇で吸われ、今まで押し殺していた声が飛び出して上ずる。

熱烈なキスを受けながら桐ヶ谷さんの背中に腕を回すと、彼の身体の厚みが目で見るより確かに伝わってきた。背中を覆う筋肉の隆起に指を這わせ、私は快感の渦に引きずり込まれていった——。


「いったた……」

店の営業時間を終え、反物の入った大きなダンボール箱を倉庫に下ろすと、毎夜のように桐ヶ谷さんと交わす情事の名残に腰を刺激された。

気持ちが通じ合ってからというもの、桐ヶ谷さんの私に対する溺愛ぶりは加速する一方で、何度もお互いを求め貪り合った。仕事中の今でも、ふと桐ヶ谷さんの艶っぽい息づかいや甘い囁きを思い出すだけでじんと身体が疼きそうになる。

「ふふ、昨夜の彼はずいぶん激しかったみたいね」

「え？」

誰もいないと思ってうっかり口元が緩んだそのとき、いきなり背後から声をかけられビクリとする。振り向くと沙奈がニヤニヤとした顔で立っていて、私は火照りかけた頬を隠すように両手で挟み込んだ。

「びっくりした。もうみんな帰ったかと思ってたから」

「うん、もうレジのお金も金庫にしまったし、戸締りもしたし、パートさんたちもみんなさっき帰ったよ」

沙奈は結婚が決まり、アメリカへ引っ越しする準備の真っ最中だった。仕事中はいつもと変わらない。でも、二ヵ月後にはもう彼女はいないのだ。

「あのね、仕事が終わってから莉子に見てもらおうと思って持ってきた物があるんだ。ちょっと来てくれる？」

「う、うん」

ついつい辛気臭くなりかけていた気持ちを、沙奈がにこりと笑って明るい声で吹き飛ばす。つられて私も微笑むと、急かすように沙奈が私の手を引いた。

「これなんだけどね」

沙奈に連れてこられたのは休憩室だった。小さなテーブルの上を見るとなにかを包んだ畳紙が置かれている。染みや皺があって、それはかなり年季の入ったものだった。

「着物かなにか？」

畳紙は和服の包装や保存に使う和紙でできた包み紙のことで、通気性がよく着物を保管するのに適している。だからその中になにが入っているのか察しがついた。

「これ、母が自分の結婚式のときに着た白無垢なんだ。先日実家から届いたの」

母から娘へ着物を受け継ぐのはよくあることで、店にもその仕立て直しやクリーニングに出す人は多い。私の母は着物に興味がなかったから、一着でも受け継がれた着物があるのは羨ましい。

「じゃあ、神前式なのね？」

「そうなの、母の白無垢があるって彼に話したら、じゃあ神前式にしようって言ってくれたんだ」

そっか、この白無垢を着て沙奈が結婚するなら、お母さんも喜んでくれるだろうなぁ……。

「それで父がやっと納戸から見つけて送ってくれたのよ」

沙奈が嬉しそうに畳紙を開き、白無垢を広げた途端――。

「げほっ！　うわ、ちょっとなにこれ！」

強烈なカビ臭と埃が舞い、沙奈が咄嗟に鼻を摘まんだ。

元々は青白い純白だったであろう正絹が、経年劣化で黄ばんでいる。正絹は時間が経つにつれて黄色みが強くなるけれど、それ自体は一概に悪いことではない。元々高価な正絹生地で、むしろヴィンテージ感が出て価値のあるものにもなる。でも、こればかりは個人の好みにもよるし、純白でなければ白無垢とは呼べないという人もいる。

おそらく沙奈は純白の美しい白無垢が出てくると期待していたのだろう。カビと埃だらけのそれを見て、がっかりと肩を落としている。

「この白無垢、変色してるけどどちらかというとアイボリーに近いよ、沙奈は肌が白いからきっと馴染むと思うんだけど……」

「純白」「オフホワイト」「アイボリー」と白色には三つの色味があり、私もお客様が白無垢を選ぶときに、肌の色や好みを考慮してアドバイスしている。

「うん、黄ばみはいいんだけど、見てよこれ」

黄ばみの問題はなんとかなりそう、と思いきや沙奈に見せられた生地を見て愕然とした。どういう保管の仕方をしたらこうなるのかと思うほど、前衽《まえおくみ》の部分がざっくり破けていたのだ。それに所々糸が解れてだらんと垂れ下がっている。

白無垢の下に着用する肌襦袢、長襦袢や掛下、そして帯や紐などひと通りそろっているのに、やるせない気分になる。

「掛下や襦袢はクリーニングで解決できそうだけれど、問題はこの表に出る前衽の状態ね……」

「莉子～どうしよう、せっかくの白無垢なのに、やっぱり諦めたほうが……」

先ほどまで元気だった沙奈がしょんぼりと眉をハの字に下げる。

「待って、諦めるのはまだ早いよ、私の伝手でなんとか補修できないか仕立て屋さんに聞いてみる。父も何人か職人さんに心当たりがあると思うし」

「ほんと⁉」

「だから少しの間、この白無垢を預からせてもらえない？　私だって沙奈がこの白無垢を着てる姿、見たいから」

そう言うと、沙奈の顔にパァッ笑顔が戻り、私もそれを見て微笑んだ。

そして翌日。

今日もそつなく仕事をこなし、一日を終えた。

「莉子、正直ここまで傷んでしまうと洗い張りに耐えられるかわからんぞ」

父は事務所で沙奈から預かった白無垢を見下ろし、うーんと低く唸って悩ましげに腕を組んだ。

洗い張りとは、縫いを解き、それを端縫いして反物に戻し水洗をすることで、糊や仕上げ剤を入れ替えたり、湯のし機で張り直したり、水をくぐらせることで本来の風合いを取り戻すことができる。いわゆる仕立ての下準備だ。けれど、状態によっては無理に洗い張りを行うことで傷みが促進してしまうこともある。もっとも致命的なのは前衽の破れだ。

染みも古いし、ただの染み抜きじゃ落ちそうにない。それに洗い張りをするということは寸法や形が変わるということ。もちろんそれは沙奈も知っているし、承知してくれた。

「一応、私の知っている仕立て屋を何軒かあたってみたが……どこも二、三ヵ月はかかるそうだ」

「そう、やっぱり」

年末年始の初詣、翌年の成人式など、早い人だと夏の終わり頃に着物を決め、仕立てに出す。だから店によっては今の時期が繁忙期になる。うちの店のような呉服専門店もそれに比例して、実際今日も忙しかった。

「期待を裏切るようだが、別の着物も検討してみるように勧めてはどうかな？　もう今日は休むよ、莉子も早く帰りなさい。穂高君が待っているだろう?」

ふぁ、とあくびする口元を手で軽く押さえ、肩をコキコキと鳴らす。

「うん」

力なく返事をすると、ポンと私の肩に手を置いて父は事務所を後にした。
二、三ヵ月……どうしよう、そんなんじゃ来月の結婚式に間に合わないよ。
沙奈の笑顔が脳裏に浮かぶと、自分の無力さに肩を落とした。


「それで、その問題の白無垢ってのはこれか?」

坂木さんの運転する車でマンションへ帰宅し、持ち帰った沙奈の白無垢をぼーっと眺めてたら桐ヶ谷さんが帰ってきた。カビ臭を漂わせたそれを見て、顔をしかめる彼に私はとつとつと事情を説明した。

「この状態を見ると、あまり保管状態はよくなかったようだな」

ローテーブルに広がる白無垢、こうなる前はきっと雪のように美しい正絹だったに違いない。そう思うと、この着物が可哀想でなにがなんでも綺麗に仕立て直したいと思う。

「今の時期、どこの仕立て屋さんも繁忙期で二、三ヵ月はかかるそうです。沙奈たちの結婚式は来月だというのに」

「ほかの着物にするとか、ドレスにするとかじゃだめなのか？」

コーヒーの入ったカップを片手に桐ヶ谷さんが項垂れる私の隣に腰を下ろす。

「確かに色々ほかに着物やドレスはありますけど、お母様から引き継いだものだし、本当は一番この白無垢を着たいんじゃないかなって思うんです」

それを聞いた桐ヶ谷さんは一瞬押し黙り、「そうか」とひとこと呟いた。

「この状態から仕立て直すのがかなり難しいっていうのは見ただけで俺にもわかる。けど――」

「わかってます。でもそこをなんとかできないか今考えているところなんです。親から受け継がれた白無垢なんて、この世にたったひとつしかありません。それを着て人生の晴れ舞台に立つんですよ？　私にはそういうものがないから、沙奈だけは……」

まるで自分のことのように食い下がって、わがままを言ってるのはわかっている。桐ヶ谷さんを困らせるつもりはないけれど、彼女のためになんとかしたい。

彼は親指と人差し指で顎をさすりながら、しばらくなにか考え込んでいる。そして、いきなりスマホを取り出し、白無垢の写真を何枚か撮り始めた。

「あ、あの……」

撮った写真をどこかへ送信しているのか、スマホをいじりながら私に静かにするよう人差し指を唇にあてがった。

桐ヶ谷さん、なにをする気？

目をパチパチさせて怪訝な顔で窺っていると、すぐに彼のスマホに電話がかかってきた。

「はい、ええ、こちらこそお世話になっております。先ほど送信した画像ですが、ご確認いただけたでしょうか？　……ええ」

桐ヶ谷さんが電話でこの白無垢について話しているのはわかるけれど、どこに、誰と喋ってるのか見当もつかない。

「わかりました。それでは明日、よろしくお願いします」

桐ヶ谷さんが電話を切ると私のほうへ向き直り、ニッと笑った。

「莉子、この白無垢を持って明日、京都へ行くぞ」

「へ!?　き、京都？」

突拍子もない彼の言葉に目が点になる。幸い明日は店が定休日だったため、行こうと思えば行ける。

「実は明日、日帰りで京都に出張が入っていて、行き先は〝いろはや京染本店〟だ」

日本の伝統が息づく京都では〝着だおれ〟と喩えられるほど多くの着物屋、仕立て屋が軒を連ねている。いろはや京染本店は、KAMIYAMAと直接仕事で関わりはないものの、抜きん出て腕利きの職人さんがいると評判の仕立て屋だ。

「この白無垢の状態を取り急ぎ、店主に見てもらおうと思って送ったんだ。レスの早い人だからこういうとき助かる。実際に見せて欲しいってさ、物を郵送するより直接行ったほうが早いだろ？」

桐ヶ谷さんの行動力にはいつも驚かされる。私が困難につまずいても手を引いて、明るい扉を開いてくれる。私は、それに甘えてばかりだ。

「桐ヶ谷さんの出張にご一緒して大丈夫なんですか？」

「別に構わない。いろはやの職人の手にかかればきっとなんとかなる。けど、その出来上がりが来月までに間に合えばいいんだが……」

その心配は私も同じ。でも、せっかくのチャンス、行かない手はない。

「桐ヶ谷さん、ありがとうございます」

自然と溢れる笑顔に彼が眉尻を下げ、少し困ったようにふぅ、と息をつく。

「いつになったら〝桐ヶ谷さん〟じゃなくて、名前で呼んでくれるんだ？」

『たとえ苗字が同じでもあなたは所詮血の繋がりのない他人よ、だから今後も〝桐ヶ谷さん〟ってお呼びします！』

そんなふうに彼を怒鳴りつけたのがもう遠い日の記憶になりつつある。桐ヶ谷さんって苗字で呼んでいるけれど、自分だって桐ヶ谷なのだ。あの頃に比べたら、私たちの距離はずいぶん近づいた気がする。

「ほ、穂高……さん」

なんだかいまさら名前を口にするのが気恥ずかしくて、たどたどしく彼の名前を呟く。

「莉子」

「穂高さん」

お互いの名前を意味もなく呼び合う。それだけでもこそばゆくて、私は自分にしかわからない喜びを噛み締めた。

穂高さんは腕を伸ばすと私の首を引き寄せ、唇の端に掠めるようなキスをした。私はとろりと目を細め、彼のキスに応えるようにその大きな背中に腕を回した。

第八章　誰よりも大切な人

暦の上ではもう秋だけれど、この時期の京都はまだまだ暑い。

京都へ来たのは久しぶりで、研修などで何度か訪れたことはあるけれど、誰かと一緒に来るのは初めてだった。

「松岡さん、大丈夫でしょうか」

本当は今日の出張に穂高さんの専属秘書で従兄妹の松岡さんも同行する予定だったけれど、急な体調不良で今回は彼とふたりで京都へやって来た。

「ああ、熱は下がったようだ。元々体力はあるからすぐに回復するだろ」

「それならよかったです」

新幹線から降り立ち、胸いっぱいに空気を吸い込んで深呼吸すると、穂高さんは白無垢の入ったスーツケースを手に取り歩き出す。

「あ、私が持ちます」

「いいって、お前が持つと遅くなる」

「うう、そんなふうに言わなくても……」

物によって誤差はあるけれど、白無垢はだいたい五キロ以上はある。スーツケースに入れて転がすだけでもずしりと重い。だから私がとろとろ引いて歩くより、彼が持ったほうがストレスフリーみたいだ。

「穂高さん、出張って言ってましたけど、今日はいろはやでどんなお仕事なんですか?」

「いろはやはうちで契約している優良店のひとつなんだ。今回は現場の視察だな」

視察かぁ、営業は出張が多い部署っていうものね。

駅を出てタクシーを拾い、私たちは目的地であるいろはや京染本店へと向かった。

「桐ヶ谷さん、遠いとこよう来てくれはった」

「お世話になっております」

真っ白い土壁に丸生洗い、染もの、染み抜きと書かれた長暖簾、歴史のありそうな堂々とした店構えに身が引き締まる。ガラスの引き戸を開けると、着物を綺麗に着こなした五十代くらいの女将さんらしき女性がにこにこと出迎えてくれた。

「本日は、お時間いただきありがとうございます」

やっぱりこういうところに来るなら着物でくればよかったかな、と思いつつ丁寧に挨拶をする。

呉服屋の娘として着物で行くべき、と思っていたけれど穂高さんに「移動が多いから動きやすい恰好のほうがいい」と言われた。どの服を着ようか迷った挙句、あまり派手にならないよう落ち着きのあるベージュのワンピースに白地のカーディガンにした。穂高さんは濃紺のスーツにレジメンタルストライプ柄の淡いブルーのネクタイをピシッと締めている。

女将さんが私を見て「こちらの方は？」と穂高さんに視線を移す。

「実は先日結婚しまして、彼女は私の妻で莉子と申します。昨日お送りした白無垢の件で同行させていただきました」

――私の妻です。

そう紹介されてドキリとする。まだ桐ヶ谷莉子という名前に違和感があるのか、改めて言われるとこそばゆさを覚える。そしてなによりちゃんと〝妻〟と紹介してくれたのが嬉しかった。

「まぁまぁ、風の噂でご結婚しはったとお聞きしましたけど、奥様でいらしたんどすなぁ、こちらこそよろしくお願いします」

そんな話をしながら女将さんが店主が仕事をしているという工房に私たちを案内す

る。

「いいか、ここの店主は昔ながらの頑固気質な職人なんだ、めげるなよ？」

穂高さんが私にしか聞こえない声でこそっと耳打ちをした。

「は、はい」

職人は自尊心が高く、頑固というイメージもあり、マネジメントが難しいと言われている。幸いKAMIYAMAの仕立て職人は気さくで話しやすい人ばかりだけれど、全員そんな人ばかりでないのはわかっている。きっと穂高さんの言う「めげるなよ？」というのは、沙奈の白無垢を受け入れてくれるよう、頑張れ、という意味だ。

「竹野《たけの》さん、今日も精が出ますね」

工房に入ると、〝布海苔〟という海藻を乾燥させた糊の匂いがした。大きな木桶や豚や、馬の毛でできた生地を洗うために使う刷毛が何種類も目に留まる。私にとっては馴染みのある雰囲気だ。そして奥のほうで竹野さんと呼ばれた店主が洗い場で作業をしているところだった。

「ああ、桐ヶ谷さん、どうも」

作業をしている手は止めず、坊主頭にねじり鉢巻きを結んだ小柄の中年男性がチラッと視線だけを向ける。笑顔はない。

なんだか気難しそうな感じね。

一見、無愛想とも取れる厳格そうな雰囲気に思わずたじろぎそうになるけれど、背筋を伸ばして気を引き締める。穂高さんはそんな店主に慣れているのか、構わずあれこれ話しかけている。

「もうすぐ手が空くから、小上がりで待ってな」

「あ、あの、今日はお時間いただきまして、ありがとうございます」

挨拶だけでもと思い傍へ寄ったら、竹野さんは鬱陶しそうに眉を顰めた。

「邪魔や。綺麗な服が汚れてまうで」

「すみません……」

さっそく機嫌を損ねてしまったかと肩を落としていると、穂高さんがクスリと笑って慰めるように背中を撫でた。

「莉子、俺は店主と少し仕事の話があるから先にスーツケース持って店に戻ってろ、すぐ行くから」

「わかりました」

これ以上、店主の邪魔にならないように私はすごすごと工房を後にした。

店内にある畳の間の小上がりで待っている間、改めて店内を見渡してみる。従業員は店内にふたりいるだけで、店自体はさほど大きくない。ＫＡＭＩＹＡＭＡのように銀座《ぎんざ》の喧噪に包まれた店とは違い、とても静かで落ち着く場所だった。

先ほど女将さんがわざわざお抹茶とお茶菓子を用意してくれて、私はホッと小さく息をついた。

やっぱり京都といったら抹茶よね……うん、美味しい。

こういうとき、茶道を嗜んでいてよかったと思う。大事な出先で粗相をしたら恥ずかしい思いをしてしまう。するとしばらくして、穂高さんと竹野さんがやって来た。

「そんで、昨日画像で送ってきはった白無垢ってのはどれですのん？」

「これなんですが……」

さっそく、私はスーツケースから白無垢を取り出して見せる。穂高さんも神妙な面持ちでじっと見守るように見つめていた。

急遽京都へ行くと決まり、昨夜少し埃や汚れを軽く落として匂い抜きもしておいたのだけれど、竹野さんは白無垢を畳に広げてうーん、と低く唸った。その表情は解れて破けて、しかもカビ臭の漂う白無垢に対して嫌悪感があるというより、憐れんでいるように見える。

「これはあんたのか?」

「いえ、私の友人の物です。結婚式で着たいといって、彼女の母から譲り受けたお着物なんです」

ふむふむと頷きながら、竹野さんは生地をひっくり返したり、手で強度を確かめたりしている。その目は真剣だ。

「どうでしょうか?」

ドキドキしながら尋ねると竹野さんが私に向き直る。やっぱり笑顔はない。

「遠方からせっかくお越しやし、なんとかしましょ。洗い張りもできそうやな。ただし、この前衽の破れは戻せへんなぁ」

「え……」

「だから一旦ばらして前衽と下前衽を入れ替えて、身頃を内揚げのところで切る。染み抜きで落ちんかったら、身頃も入れ替える」

破れた生地を沙奈から見せられたときは呆然としてしまったけれど、着物は一度反物に戻して入れ替えることができる。それが洋服との違いだ。竹野さんに言われてなるほどと頷き、なんとか受け入れてくれそうな雰囲気に安堵した。しかし。

「それで、桐ヶ谷さんから来月までと聞いたけど……仕立てはできても翌月というのは無理やな」

「そんな……」

「申し訳ないけど、うちは京都という土地柄、舞妓さんたちの着物も多く扱っていて最短でも二ヵ月はかかります。せやから、いきなり来月と言われても困るんですわ」

せっかく見えてきた希望の光が、一瞬にしてシュッと消えてしまったような気分になった。

沙奈の結婚式は来月の下旬。余裕がないのはわかっている。

「いきなりお店におうかがいして無理を言っているのは重々承知しております。ですが、なんとかなりませんか？　この白無垢でないと――」

「無理なもんは無理や。あんたも呉服屋の娘ならこんくらい時間がかかるってのはわかるやろ」

そう言われてしまうとぐうの音も出ない。私にもお客様から急いで欲しいと言われ、都合がつかず断りを入れた覚えが何度もある。

「竹野さん、そう言わずに私からもお願いします」

桐ヶ谷さんが頭を下げると、竹野さんは腕を組んで考え込んでしまった。するとそのとき。

「今日でないとあかんねんて！」

怒鳴るような高い声が響き渡り、ハッとそのほうを見る。

今まで気づかなかったけれど、店内に母親と娘の親子が来店していて女将さんとなにやら揉めているのが見えた。

どうしたんだろう……？

「生憎今日は振袖の着付けができる従業員がいてはらへんで、ご予約いただいてからでないと……」

どうやら、予約もなしにいきなり店に来て着付けをなんとかして欲しいと要望しているようだ。ＫＡＭＩＹＡＭＡにもたまに同じようなお客さんが来るからすぐに状況が把握できた。

「あんた女将さんなんやろ？　女将さんなら着付けくらいすぐできるんちゃうの？」

「えらいすんません。私は別件で手が離せんで……一時間ほどお待ちいただけたら対応させていただきますが」

「一時間!?　そいじゃ予定に間に合わへんのよ、なぁ、なんとかならんの？」

困り果てた女将さんとイライラした様子の母親、その横で俯きながら複雑な表情を浮かべている娘さん。店の空気もピリピリと張り詰め出し、それを見兼ねた私はスッと立ち上がった。

「お、おい」

「ここは私に任せてください」

心配そうな穂高さんに笑顔を向け、三人のいるところへ行く。

「あの、私でよろしければお着物の着付けのお手伝いさせていただけませんか？」

「え？」

見ず知らずの人から突然声をかけられ、母親が怪訝そうに私を見つめた。

「私、実家で呉服屋を営んでまして、着付け師の資格もありますからご安心ください」

「まぁ、ほんまに？」

それを聞いた母親は、今までざっくりと刻んでいた眉間の皺をパッとなくし目を瞬かせた。

「ですが、振袖の着付けですと、今からどんなに急いでも一時間はお時間がかかってしまいます」

「う～ん、予定ギリギリやけど一時間待ってから着付けてもらうよりいいわ、お願いできる？」

「かしこまりました」

やりとりを隣で聞いていた娘さんも戸惑いから安堵の表情へと変わり、私もにこりと微笑んだ。


女将さんは仕事でどうしても外せない外出があるから、とずっと申し訳なさそうにしていたけれど、店の奥にある着付け用の和室に案内した後すぐに出かけて行った。

「ごめんなさいね、さっきは取り乱しちゃって……。実は今夜、娘と一緒に参加する会社の祝賀会があるんです。けど、この子ったらもうドレスで行くことが決まってたのに、急に振袖が着たいだなんて言い出すから……」

母親は祝賀会が行われる会社の経営者だった。娘さんはその会社の社員だという。まだ学生のあどけなさが残る顔立ちで、色も白くて可愛らしい感じの娘さんだ。

「立派な振袖ですね」

娘さんが今夜着たいという振袖は純度百パーセントの正絹でできており、刺繍や絞りが入っていたり、金箔がついていたりとそれはため息が出るほど高価な振袖だった。

下着、肌襦袢そして長襦袢を着せ、振袖を着る前に着崩れしないよう紐やベルトを使って留めていく。娘さんは少し緊張した顔でじっと鏡に映る自分の姿を見つめていた。

「どこかきついところはございませんか？」

「いえ、大丈夫です」

彼女は母親と違い物静かで大人しいタイプのようで、私が声をかけると小さく笑うだけの返事をした。

「それにしても振袖って、ひとりで着ることでけへんの？　私はあまり着物のことはわからへんから」

「振袖をひとりで着るのはちょっと難しいですね……他装が基本のお着物です。資格を持った着付け師でさえふたり以上ついて着付ける場合もありますよ、かくいう私も完璧に自分で振袖を着付けることはできません」

振袖は着物の中でも着付けが難しい。振袖の帯は帯幅も広く糸をたくさん使用していて硬いため、自分で結ぶのは困難だ。

私が肩を竦めると、すっかり気持ちに余裕ができた親子が笑顔を浮かべた。

「それに、娘もそうやけど、うちの母も母なんですよ？　急に京都に行く用事ができたからやっぱり今夜の祝賀会に参加するって、今朝電話があってねぇ」

その人は、この母親が社長を務める会社の会長で今は遠くの県外に住んでいるらしい。会長さんと聞いて、いったいどんなお婆様なのかと想像してしまう。この親子の身なりや身につけている装飾品から憶測するのははしたないことだけれど、かなり裕福な家庭であることが窺えた。

そっか、なるほどね。

娘さんがなぜ今日になって急に決まっていたドレスをやめて振袖にしたいと言い出したのかずっと気になっていたけれど、今の話を聞いて納得した。

「お婆様に振袖姿を見せたかったのね？」

帯を結びながら顔を覗き込む。すると、図星を指された娘さんは驚いた顔をして目を丸くした。私がそれに微笑むと、はにかんだように頬を染めて口元を緩めた。

「この振袖、成人式のときにおばあに買ってもろたんです。前にもう一度私の振袖姿が見たいって言うてたから、祝賀会にサプライズで着て行ったら喜ぶんやないかと思って」

な、なんてお婆様思いのいいお孫さんなの！

きっと可愛がられているのね。

私の母方の祖母は早くに亡くなり、父方の祖母に面倒を見てもらっていた。躾に厳しく小さい頃からひと通りの作法を叩き込まれた。厳しかった記憶しかないけれど、私が人の道から外れないように祖母なりの思いやりだったのだと思っている。

振袖の着付けの中でも難関だとされている帯を締め、全体の形を整え終わる。

「はい、できましたよ。お疲れ様でした」

時間がないと聞いていたからなるべく急いで着付けた。所要時間は五十分。

すごい、今まで着付けてきた中で自己新記録だわ。

見事に着こなした振袖姿に娘さんも心なしか嬉しそうだった。


「あないな短時間で振袖を着付けられるなんて、さすが呉服屋の娘さんどすなぁ」

着付けが終わったとほぼ同じ頃、心配してくれた女将さんが急いで帰ってきてくれて、振袖姿の娘さんを見た途端呆気にとられていた。

親子は満足して『娘が母のために振袖が着たかったとわかって私も嬉しいわ』と満足げに店を後にしていった。

「ほんまにおおきに。たまにああいったお客様がいてはるんですけど、今回は莉子さんのおかげで助かりました」

「いえ、お役に立てたみたいでよかったです」

ひと山越えたみたいでホッと胸を撫で下ろす。でも、まだ自分自身の問題が解決していないことを思い出して、また坂を転げ落ちるような気分になる。

沙奈の白無垢、やっぱりだめなのかなぁ。

そう思っていると、ずっと腕を組んで口を閉ざしていた竹野さんが私の前に歩み寄ってきた。

「うちの店のことに巻き込んでしもて申し訳ない。そんで、白無垢は来月の下旬までに仕立てたらええんやな?」

「え……?」

「借りは必ず返す主義なんや。仕立ての代金もええわ」

竹野さんが目尻の皺を寄せ、不器用な笑顔を初めて見せた。

「あ、ありがとうございます!」

嬉しい! これで結婚式に間に合う。

飛び上がってしまいそうになるのを堪えるけれど、頬が緩んで止まらない。沙奈の喜ぶ顔が目に浮かぶようだ。穂高さんとふと目が合うと、彼がふっと目元を和らげた。

「よかったな、お前の機転が竹野さんの気持ちを動かしたんだ」

私の頭に穂高さんの手がのせられる。そして、優しく撫でられてまるでご褒美のように胸がいっぱいになった。

「それでは私たちはこれで失礼します。竹野さん、白無垢の件、本当にありがとうございました」

ひと悶着あったけれど、白無垢はいろはやに一旦預ける形となった。出来次第、沙奈の住所に直接郵送してくれるそうだ。

「お疲れ、本当はホテルの部屋を取って一泊って言いたいところだが……」

いろはやを後にし、東京行きの新幹線に乗るともう西の空がオレンジがかっていた。穂高さんは明日、朝イチで会議があり、京都の夜をふたりで楽しめればなんて思っていたけれど、そうもゆっくりしていられなくて残念だった。

また穂高さんと一緒に来られたらいいな。

「ここから東京までしばらくかかる。眠たかったら寝てていいぞ」

目の前で駆け抜ける景色をぼんやり眺めていると、穂高さんが鞄の中からノートパソコンを取り出す。

「お仕事するんですか？」

「ああ、明日の会議で上層部に出す書類を作らなきゃならない。それにしても、白無垢の仕立てがなんとかなって俺も安心した」

「ええ、そもそもあの親子がお店に来なかったら機転を利かせるチャンスもなくて、仕立ても断られて泣きながら帰ることになっていたかもしれません。祝賀会楽しんでくれてるといいんですけどね」

言い終わると、穂高さんがギュッと私の手を握った。温かくて、今日一日ずっと気を張っていたせいか、急に身体の力が抜けてきた。

「あの白無垢を着て沙奈が結婚式をしたら、きっと天国のお母様も喜ぶと思います」

「なんだって？」

穂高さんが目を丸くして私に顔を向ける。

「実は沙奈のお母さん、彼女が大学生のときに癌で亡くなったんです。だから水橋さんも譲り受けた白無垢があると聞いて、神前式にしようかって言ってくれたんだと思います」

沙奈のお母さんは明るくて気さくな人だった。母のいない私をよく可愛がってくれて、家にお邪魔すれば手作りのクッキーをご馳走してくれたのを思い出す。

「なるほど、そうだったのか……それならそうと竹野さんにそういう事情を話せばよかったんじゃないか？」

「断られたとき、正直喉まで出かかってましたけど……そういう情に訴えるような頼み方をしたら、ますます竹野さんを困らせてしまうと思って言いませんでした」

「本当にお前は人のことばかり考えているな、初めのわがまま娘はどこへ行った？」

穂高さんがニッと笑って私の指に自らの手を絡ませ弄ぶようにする。よく見ると、彼の指は長くて綺麗だ。

「今回だって自分のことでなく友人のことなのに、十分わがままだったじゃないですか」

「俺は自分以上に人を大切にするお前が好きだ」

ストレートに〝好き〟と言われてボッと頰に熱を持つ。

「だから俺はそんなお前を大事にするよ、誰よりも」

穂高さんは唇の端に笑みを浮かべ、スッと赤くなった私の頰を手の甲で擦った。ほのかに胸の奥が温まると同時に、誰かに見られているんじゃないかと自意識過剰になってチラリと視線を動かしてみる。

――お前を大事にするよ、誰よりも。

彼の言葉は甘く優しく、私の耳にいつまでも心地よく響いた。繋いだ手から伝わる穂高さんの温もりに包まれて、次第に誘われる睡魔に私はそっと目を閉じた。

第九章　離婚の影

夏の暑さも和らぎ心地よい燦々とした日差しの中、斎主と巫女に先導されながら、白無垢姿の花嫁と凛々しい紋付袴姿の花婿が私の目の前を通り過ぎていく。

「おい、莉子いくらなんでも泣きすぎだろ」

「す、すみません、あまりにも沙奈が素敵で……」

先日、いろはやに預けていた白無垢が無事に沙奈の元へ送られてきた。それはもう見事に仕立て上げられていて、生まれ変わったそれを見るなり彼女は目に涙を浮かべて喜んでいた。そして、あっという間に結婚式当日を迎えた。

式はふたりの縁、神様との縁、両家の縁を大切にしたいという意向で、親族以外は午後の披露宴からの参列となっている。私は新婦の友人として、穂高さんは新郎の上司として呼ばれ、神殿へと参進する風景を感極まりながら眺めていた。

「今日の莉子の着物だって、すごく綺麗だ」

穂高さんはいつも不意打ちのように、恥ずかしげもなくそういうことを言ってくる。その度に嬉しい反面、こそばゆいような照れるような気持ちにドキドキと鼓動が弾む。

私はサーモンピンクの地色に、流れるような熨斗と丸く大きな花々が描かれたお気に入りの色留袖を装い、帯は金糸と色糸を多用した華やかなものをこの日のために新調した。

「穂高さんも似合ってますよ」

「礼服が似合うって言われてもな……」

白いネクタイを締め、光沢のない黒いスーツ姿で普段見慣れない彼の準礼装に朝から心臓が騒いでしょうがなかった。

神殿へと入って行く新郎新婦を見届けて、ホッと胸を撫で下ろすと穂高さんがぽつりと呟いた。

「俺たち、籍だけ入れて結婚式はまだだったな」

そういえば、私たちの結婚は愛のないものから始まった。父の会社のことを思い、穂高さんと結婚し、後に離婚してもらう算段だった。だから、結婚式を挙げるなんて考えは毛頭なかった。でも、こうして沙奈の白無垢姿や結婚式を目の当たりにすると、私も……と欲にも似た願望が芽生えた。

穂高さんと結婚式がしたい。

そう口を開きかけたときだった。

「やっぱり来てた。莉子ちゃん、その着物すごく似合ってるね」

振り向くと、三田屋の跡取り息子で交流会をきっかけに数年前から顔見知りになった三田直樹さんがニコニコ顔で手を振りながらやって来た。彼の姿を見るなり、今まで穏やかだった穂高さんの表情が曇る。

あれ、穂高さん三田さんのこと知ってるのかな？

「なんでお前がここにいるんだ」

落ち着きを失うくらい威圧感がある穂高さんの不機嫌顔を前にしても、三田さんは平然としている。

「なんでって？　僕は新郎の友人で披露宴に呼ばれてるんだ。昔から水橋君とはバイクのツーリング仲間なんだよ、莉子ちゃんも今日呼ばれてるって言ってたから、会えるかなと思ってさ」

以前、着物の交流会であまりの人の多さに具合が悪くなってしまったことがあり、そのとき介抱してくれたのが彼だった。度々そういった機会で三田さんと会うことがあり、同じ呉服屋の親を持つ身として話が弾んだ。

初めは楽しい人だという印象だったけれど……。

なんとなく深入りしてはいけないような気がしていた。

「そういえば、莉子ちゃん穂高と結婚したんだって？」

「え、ええ」

「じゃあ、今幸せなんだ？」

嘘は言わせない。と言わんばかりの目でじっと見つめられ言葉に詰まる。三田さんと話していてもどこか心を許してはいけないと感じるのは、たぶんこの目が理由だ。

「幸せですよ」

喉の奥で上下していた言葉が口から出ると、その答えが意外だったのか三田さんは憮然とした表情で「ふぅん」と鼻を鳴らした。「本当に？」とまた問われているような居心地の悪さに私は俯いて三田さんから視線を外した。

「彼女が幸せかどうか、直樹が心配することじゃないだろ？」

私と三田さんの会話を見兼ねた穂高さんが冷淡に言うと、三田さんの顔に笑顔が戻る。

「そうだね、とんだお節介だったかな、あ、僕はこれから知人と合流する約束をしているから、またね」

そう言うと、三田さんはニコッと笑って私たちの前を後にした。

「あ、あの……穂高さんって三田さんとお知り合いだったんですか？」

まだ苦虫を噛み潰したような顔をしている穂高さんに尋ねると、彼ははぁと小さくため息をついた。

「俺と直樹は同じ歳で、父親同士が知り合いだった関係もあって小学五年生の頃からの付き合いになるが……莉子」

私の名前を呼ぶ真剣な彼の表情に、胸が跳ねる。

「あいつだけには絶対に近づくんじゃないぞ」

「え、どうしてですか？」

「どうしてもだ」

答えにならない返事をされて、きょとんとしていると「ほら、披露宴の会場に行くぞ」と、急かすように背中を押された。

なんだろう、小学五年生からの知り合いにしては、あまり仲が良くないみたい。

そんなモヤモヤを抱え、私たちは神社の敷地内に併設された会場へと向かった。


「わぁ、素敵な会場ですね」

披露宴会場は壁面がガラス張りで、杜の緑を間近に感じられた。ロビーからは樹齢千年の楠の大木が眺めることができる場所だった。

披露宴会場も和室で、婚礼の和食が座卓にズラッと並んでいるのかと思いきや、部屋の中へ入ると真っ白なクロスをかけられた丸テーブルが五卓設置されていた。その上に色とりどりのバラやトルコ桔梗などの花が飾られ、まるで私たちを出迎えてくれているような気がした。

「沙奈、よっぽど白無垢が気に入ったみたいで、お色直しもなしで最後まで白無垢を着るって言ってました」

披露宴で白無垢を着るのはインパクトもあるし、ほかの人と被らないというメリットがある。

「自分の気に入った装いで臨みたいという彼女の希望が叶えられるなら、それが一番だ。きっといい思い出になる」

参列者が席に着くと披露宴が始まり、新郎新婦が披露宴会場に入場してきた。いつも馬鹿みたいにふざけて、ときに一緒に泣いたりと沙奈とはたくさんの思い出がある。そんな彼女がすごく輝いていて、なんだか今は遠い存在に思えてしまう。

司会者が簡単な自己紹介をし、開宴の辞を述べ両家の紹介がされる。

「穂高さん、もうすぐ出番ですね」

「ああ」

主賓の挨拶では新郎の上司として穂高さんがスピーチを任されていた。係の人に促され、彼は準備のためそっと席を立った。そのとき。

「うっ……」

思わず小さく呻いてしまうくらい、お腹の底が短く疼いた。

な、なんなの？

その疼きは次第に吐き気に変わる。私は堪えきれなくなってこっそり席を外し、口元を押さえながら部屋を出ると急いで化粧室へ駆け込んだ。

やだ、こんなときに……どうしちゃったんだろう。

長時間着物を着て腹部を帯で圧迫されると、のちに具合が悪くなってしまう人もいる。でもそれは帯を締めすぎたとか普段着慣れない着物を着たとかで、私は仕事で毎日着物を身につけているからそれはないだろう。

はぁはぁと息づいて洗面台から顔をあげて鏡を見ると、顔面蒼白の自分と目が合った。

化粧室には私しかいない。誰かに助けを求めるほどでもないけれど、今すぐ会場に戻るより少しロビーのソファにでも座って気分が落ち着くのを待つことにした。

ロビーは会場の向かい側にあり、微かに穂高さんのスピーチの声が聞こえてくる。

はっきりなにを言っているのかわからなくても、彼の声を聞いているだけで不思議と不快感が消えていった。

あの急な吐き気はなんだったんだろう？　今までなんともなかったのに。

ソファに座りながら考えていると、ふと、今月生理がまだ来ていないことに気づく。

まさか、ね……。

妊娠の兆候や知識はテレビや本からの情報でなんとなく知っていた。でも、まだ検査をしたわけじゃないし、ただの体調不良かもしれない。大事な友人の結婚式だから気を張っていたのかもしれない。

結局、気のせいだったと思うことにして、そろそろ会場に戻ろうと腰を浮かせかけたとき。

「莉子ちゃん」

声をかけられ視線をあげると、眉尻を下げ心配そうに歩み寄ってきたのは、三田さんだった。

「顔色が悪いね、どうかしたの？」

三田さんはすぐさま私の横に腰を下ろし、労るように私の背中をさすった。

「僕、莉子ちゃんの隣のテーブルなんだよ。急に会場から出て行ってなかなか戻ってこないから心配してさ」

「すみません、ご心配をおかけしました。少し具合が優れなくて休んでいただけなので、もう大丈夫です」

「そっか、それならよかった。ね、久しぶりだし、ここでちょっとふたりで話さないか？」

三田さんがとろりと目を細め、柔らかな笑みを浮かべた。彼は誰が見ても王子様のような甘い端正な顔立ちをしている。鼻筋も通って、穂高さんとはまた違った魅力がある。

「でも……」

「君に話さなきゃならないことがあるんだ」

スッと三田さんの顔から笑顔が消え真剣な表情に変わる。なにか思い詰めたようにも見えて、私は身体ごと彼に向けた。

「こういうおめでたい場で話すような内容じゃないのはわかってるけど、ふたりきりになれるチャンスが今なら、今話しておかなきゃって思ってね……穂高のことなんだけど」

いったいなんの話かと思っていたら、彼の口から穂高さんの名前が出て思わず身構える。

「莉子ちゃん、さっき幸せだって言ってたよね？　あれって本心じゃないだろ？」

「え？」

冗談っぽく言われたら、こちらも笑って「そんなわけないじゃないですか」と答えられた。だけどできなかった。なぜなら、三田さんの表情が真面目そのものだったからだ。黙って私が膝の上で手を握ると、ぎこちなく視線を逸らす前に彼が話を続けた。

「穂高とは古い付き合いだからね、だから計算高い男だっていうのもよく知ってる。莉子ちゃんは利用されてるんだよ」

私が、利用されてる？

予想もしていなかった言葉に目が点になる。数回瞬いた後、ゴクリと息を呑み込んだ。

私も父の店を守るため、渋々好きでもないのに結婚に応じた。そして離婚を切り出させようと試みた。『女除けのため』『形だけの妻』そんなふうに言われて彼が私を利用したのもわかっている。

でも、今は違う。ちゃんと心が通じ合った。

そう思いたいのに、なぜか三田さんに言われると気持ちがブレる。

「莉子ちゃんは、桐ヶ谷の私欲に利用されているんだよ。あいつ、ずっと結婚なんかに縛られたくないって言ってたんだ、でもある日突然結婚した。どうしてだかわかる？」

「確かに、女除けのため……とは言われましたが」

ああ、なにを言っているんだろう。こんなプライベートなこと、三田さんに話すべきじゃないのに。

ずるずると彼のペースに巻き込まれているのがわかる。振り切ってしまいたいのに、気になるようなことを言ってくるから踏み止まってしまう。

「桐ヶ谷が結婚したのはただの女除けのためじゃない。出世のためだ」

「出世？」

「ああ、会社の役員に昇格するには、妻帯者であることが条件というのが桐ヶ谷ホールディングスの不文律みたいなもんなんだよ」

嘘だ。信じたくない。

両耳を塞いで頭を振りたい衝動を堪え、唇を引き結ぶ。

「でも私は、穂高さんのこと――」

「莉子ちゃんがいつか手中に落ちるって、あいつはわかってた。初めから全部仕組まれていたことなんだよ。穂高は昔から狡猾な男でね、それでも好きって言えるの？　本来、穂高は利己主義者だ」

蓋をして心の奥底に沈めたはずの〝不安〟を三田さんの言葉に揺さぶられる。

「結婚式だってしてないんだろ？　いくらなんでも莉子ちゃんを見下しすぎだよ。僕なら……」

冷たくなった指先を温めるように三田さんがそっと私の手を包み込む。

「君に悲しい思いなんてさせない」

「やめてください」

自惚れかもしれないけれど、結婚しているとわかっているにもかかわらず三田さんは私に特別な感情を抱いている。だからそんなふうに言うのだろう。だけど、一度刺激された不安はすでに息づき始め、私の胸に大きな染みとなって広がっていった。

「ごめん、こんなこと言って……でも、僕は莉子ちゃんが心配なんだ、大事な人がつらい思いをするところを見ていられなくて――」

「誰がつらい思いをするって？」

不意に第三者の声が降ってきて咄嗟に視線を跳ね上げると、そこに、腕を組み冷めた目をしてこちらを見つめる穂高さんが立っていた。

「莉子、そこでなにをしている？」

「穂高さん……ッ!?」

氷のような彼の視線をそろそろと目で追うと、三田さんに包まれたままの私の手にたどり着いて慌てて引っ込めた。

やだ、もしかして誤解された？

勝手に三田さんが私の手に重ねてきただけだ。でも、それはただの言い訳で穂高さんの目にはきっと手を握り合っていたように映っただろう。

「彼女の体調が優れないようだったから、心配して一緒にいただけだよ。やだな、そんな怖い顔するなって」

穂高さんが来たことでお役御免といったように、三田さんが立ち上がり、穂高さんの肩を軽く叩いて会場へ戻っていった。

「体調が優れないって、大丈夫なのか？」

「え、ええ」

三田さんが座っていた場所へ穂高さんがさっと腰を下ろす。私は今しがた三田さんから聞かされた彼についての話をなかなか押し流すことができず、ぎこちない返事をした。

「スピーチから戻ってきたら莉子がいなくて、同じテーブルの人にずいぶん前から席を外していると聞いて慌てて探しに来たんだ」

「すみません、ご心配をおかけしました。もう大丈夫ですから」

『莉子ちゃんは、桐ヶ谷の私欲に利用されているんだよ』

『桐ヶ谷が結婚したのはただの女除けのためじゃない。出世のためだ』

なんとか笑ってみせようとしても、三田さんに言われた言葉が頭の中で反芻して頬が痙攣するばかりだ。

「それにしても、ずいぶん親しげに話していたな、あいつには近づくなと言っただろう」

「そんなこと言われても……」

自分から近づいたわけじゃない。それに一方的に近づくなと言われてもわけがわからない。

「すまない。別に怒ってるわけじゃないんだ。ただ……」

穂高さんはそう言いかけて言葉を考えた挙句、結局「なんでもない」と呟いた。その表情には、なにか言いたくても言い出せないもどかしさと、イラつきが見え隠れしていた。

私たちの気持ちは通じ合った。繋がるところまで繋がって、お互いに唯一無二の存在になったはずだ。それなのに、心の壁にべったりとどす黒いなにかがこびりついて剝がれない。

「穂高さん、そろそろ会場に戻りましょう、お料理食べ損ねちゃいますよ」

「あ、ああ」

どんよりとした雰囲気になりかけて、それを吹っ切るように明るく言うと穂高さんもうっすらと微笑んで応えてくれた。

結婚式も無事に終わり、月が変わると同時に一気に秋らしくなってきた。薄手のカーディガンがないと夜は肌寒いくらいだ。

先日、水橋夫妻も慌ただしく日本を旅立っていった。そんなある日のこと。

「妊娠六週目くらいですね」

休んでも休んでもすぐに疲れて集中力も続かない。それにやけに喉が渇いて、私の身体に異変が起きているのは明らかだった。悩んでいても仕方がないと、思い切って産婦人科へ検査に行ったところ……妊娠が発覚した。

「これからつわりがひどくなってくると思いますので、こまめに水分補給してくださいね」

「は、い……」

先生がこれからのことを色々と説明してくれているけれど、あまりにも現実味がなくてぼんやりとしてしまう。

穂高さんとの間に赤ちゃんが？　嘘！　信じられない！

検査が終わり、病院のエントランスを出たところで徐々に実感がわいてきて、パンと両頬を手のひらで挟んだ。

今日は休みを取って家の近くにある産婦人科へ検査にやって来た。穂高さんには心配をかけたくなくて、まだ病院へ行くことは言っていない。

穂高さんが帰ってきたらなんて言おう、パパになるんですよ、とか？　ストレートに赤ちゃんができました、とか？

妊娠を伝えたときの彼の反応が楽しみだ。想像するだけで思わず笑みがこぼれる。

ふふ、びっくりするだろうな。

足取り軽くマンションへ帰宅し、少し自室で休んでいると急激に眠たくなってきた。

夕飯を支度するまでの間だけ、と私は仮眠のつもりでそのまま瞼を閉じた――。

「ああ、……ない、……だ」

遠くのほうからボソボソと低い声が聞こえる。話し声のような。

穂高さん？

うっすらと瞼をあげて意識が鮮明になってくると、話し声も徐々に鮮明になってくる。

いけない、今何時⁉

ガバリと布団か飛び起きて、スマホの画面を見るとすでに二十二時になっていた。

病院から帰ってきてしばらくして少しだけ横になるつもりが、がっつり寝てしまったようだ。

自室から出ようと横開きのドアに手を掛けようとしたそのとき。

「まぁ、昇進するには必要なことだ」

〝昇進〟という単語を耳にして思わず手が止まる。

「ああ、彼女だってそのうちわかる」

昇進するには必要なこと？　彼女って私のことだよね……そのうちわかるって？　なんのこと？

ドアの向こうで誰かと電話をしているのは穂高さんだ。いったい誰となんの話をしているのだろう。

『莉子ちゃんは、桐ヶ谷の私欲に利用されているんだよ』

『桐ヶ谷が結婚したのはただの女除けのためじゃない。出世のためだ』

ふと、三田さんに言われた言葉が脳裏に蘇る。穂高さんも初めはそんなふうに考えていたかもしれない。でも、今は違う、だから真に受ける必要はない。それなのに、こんなにも不安な気持ちになるのはなぜだろう。

「無事に生まれてくれるならそれでいいだろ」

え？

無事に生まれてくれるならって、穂高さんにまだ妊娠のこと話してないのにどうして知ってるの？

私は呆然としたまま、ドアにかけた手をだらんと力なく下ろした。

「女将さーん、着付けのお客様いらっしゃってますよ」

「あ、はい、今行きますね」

穂高さんがしていた電話の内容がどうしても気になってしまい、ここ数日あまり眠れない日々が続いていた。穂高さんは、あのとき私が自分の部屋で立ち聞きしていたなんて知る由もなく普段通り接してくる。

「好きだ」と言ってくれたけど、それは口先だけで、やっぱり自分は形だけの妻なのかもしれない。弱気になればなるほど穂高さんの真意が見えなくなる。だから、まだ妊娠していることは話せていない。それに最近は仕事が忙しいらしく、朝も早いし夜は遅い。話をするタイミングもない。

しっかりしなきゃ、私、ママになるんだから。

役所から受け取った母子手帳を眺めていると、穂高さんとの子をお腹に宿しているという実感がわいて不安が薄れていく。

母子手帳をバッグにしまい、着物の帯を締めてお腹にそっと手をあてがう。妊娠初期で体調の優れないときや、出産間近の場合の着物の着用は考慮が必要だけれど、基本的に妊娠中に着ること自体は問題ない。まだ全然お腹も大きくないし、ひと目見ただけで私が妊婦だなんて誰も思わないだろう。

今日は着付けのお客さんが数人いて、忙しい午前中が過ぎていった。昼休憩はよく沙奈と近くのカフェでランチをしたりしていたけれど、彼女がいない店はなんだか味気ない。

「莉子ちゃん、お疲れ」

気晴らしに今日は近くのレストランでランチをしようと準備をしていると、不意に声をかけられる。

「あ、三田さん」

彼が店に足を運ぶのは珍しい。仕事中なのか、グレーのスーツを着て爽やかな笑顔で私に微笑む。

「日本橋に用事があって、近くに来たから店に寄ってみたんだ。これから休憩？」

「はい」

「じゃあ、一緒にどう？」

元々ひとりで食事をするのが苦手な私は、断る理由もなく彼の申し出に頷いた。

「へぇ、さすが日本橋だな、なかなか雰囲気のいい店だね」

せっかくのランチだから、私の行きたい店に行こうということになり、よく沙奈と訪れていたお気に入りのカフェに来た。

白を基調としたお洒落な内観で、オフホワイトのソファにテーブル、白い壁には風景画の絵が所々に飾られている。まるで自分の家で寛いでいるかのような居心地の良さがあり、ホッとひと息つける店だ。窓際の席に案内され、外を見るとランチへ出かける会社員やＯＬさんの姿が忙しなく行き交っていた。

「ここのオムライスが絶品なんです。色んなカフェでオムライスを食べましたけど、ここが一番美味しいですよ」

メニューを眺めている三田さんが視線をあげる。

「じゃあ、莉子ちゃんのおすすめにしようかな、飲み物もセットになっているみたいだし」

私も三田さんと同じものを注文すると、彼がじっと私を見つめてきた。

「莉子ちゃん、結婚式のとき具合が悪そうだったけど、あれから大丈夫なの？」

「え、ええ」

今考えると、あれがつわり生活の始まりのサインだったのだと思う。早い人だと妊娠五週目あたりからつわりの症状が出ると病院で言われた。幸いあれから吐き気を感じることはなく落ち着いてはいるけれど、まだ不安定だ。

「お待たせしました。オムライスのセットになります」

真っ白なテーブルに黄色いとろとろの卵と、真っ赤なケチャップの色合いが映える。

「美味しそうだね、いただきます。こういうの久しぶりに食べるよ」

「そうだったんですか、じゃあ、よかったで――」

スプーンで掬ったオムライスの匂いに刺激され、言葉が途中で切れる。

やだ、なんでこんなときに……。

胃が収縮し、一瞬吐き気に襲われる。慌てて水をひとくち飲んでしばらくすると、次第に落ち着いてきた。

「莉子ちゃん？　どうかした？」

「い、いえ、大丈夫です」

なんとか笑顔で返事をするけれど、三田さんは訝しげに私を見ている。

「さっきから思ってたんだけど、莉子ちゃん全然眠れていないんじゃないか？」

「え？」

「なんだか疲れた顔してる。目の下にだってクマできてるよ」

目の下にクマ？

今朝、メイクをしたとき自分でも顔色があまりよくないな、とは思ったけれど、三田さんは目敏い。

「穂高はなにも気づかなかったのか？」

「ええ、特には……」

すると、三田さんは、はぁと釈然としないといった感じでため息をつく。

「やっぱり、あいつには莉子ちゃんを任せるなんてできないな。顔色の変化にも気づいてやれないなんて、大切な人ならなおさらだろ」

〝大切な人〟その言葉がチクリと胸に刺さる。無意識に項垂れる私に三田さんが声音を和らげた。

「莉子ちゃん、もし、穂高とのことで悩みがあったらなんでも言って欲しい。これでもあいつとは長い付き合いだし、男の僕じゃ相談しづらいかもしれないけどさ」

いまさら穂高さんがなにを考えているのかわからない、なんて父に言ったところで困らせるだけだし、唯一の親友だった沙奈はいない。そんな中で、温かい言葉をかけられると胸がじんと熱くなる。

『あいつだけには絶対に近づくんじゃないぞ』

以前、穂高さんにそう言われたことを思い出す。理由を聞いても濁されただけで、どうして彼がそんなふうに言ったのかいまだにわからない。わからないままで従うのも優しく気遣ってくれている三田さんに失礼な気もする。

「三田さん、ありがとうございます」

軽く頭を下げて三田さんを見る。すると、彼がなにかに気づいたようにチラッと窓の外に視線を飛ばし、口元だけでうっすら笑った。

「三田さん？」

「ああ、ごめん、ちょっと知り合いに似た人が歩いていたのを見たからさ、でも気のせいか」

私は三田さんの視線を追うように外に目を向けた。けれど、人が行き交っているだけで先ほどとなにも変わった様子はない。

「莉子ちゃん、もしかして全然食欲ない？　オムライス、まったく手をつけてないみたいだけど……」

ひとくちスプーンで掬った跡が残るそれは、すでに温度を失いかけていた。いつもなら、ぺろりと平らげてしまうのに、今日はなんだか変だ。

「無理する必要はないよ、また日を改めて来よう」

「すみません」

そう言ってもらえると気が楽だ。無理に食べたら戻してしまう気がする。ここは三田さんの言うとおり無理をしないでおこう。

「あのさ、ひとつ聞いていい？　不躾な質問かもしれないけど……」

三田さんはためらいがちに視線を動かして、最後に私に焦点を合わせた。

「結婚指輪しないのか？　莉子ちゃんの店なら邪魔になるような作業もないし、していても問題ないと思うんだけど」

心臓をどんと叩かれたような衝撃だった。三田さんに言われるまで気にもしていなかったけれど、穂高さんと結婚したものの指輪を受け取っていない。じわじわと焦燥感がこみ上げて、なんとか口実を考えるけれど〝仕事のときに邪魔になる〟という言い訳は先手を打たれてしまった。

「それは……」

「あいつからもらってないんだろ？　もしかして、式も挙げてない？」

図星を指されてなにも言えなくなる。結婚指輪は夫婦の契りを交わした証。それがないということは……。

やっぱり私は形だけの妻なの？

そんなことはない。と何度も掻き消してきた言葉。けれど、再びそれが現実味を帯びて蘇ろうとしている。

「ごめん、変なこと聞いちゃったな、でも莉子ちゃんが幸せじゃないって言うなら僕にも考えがある」

「え？」

三田さんの眼差しは真剣だった。いつもなら「冗談だよ」なんて言っておちゃらけるタイプなのに、だからか妙に鼓動が乱れて息苦しい。

「あ、もう時間かな。昼休みって短いよね」

三田さんが腕の袖を捲って時計を見てにこりと笑った。

「僕も自分の店に戻らないと、また一緒に食事できたらいいな」

「そう、ですね……」

なんだかモヤモヤとしたまま席を立つ。テーブルの上にはほとんど手つかずのオムライスが熱を失って残されていた。


三田さんはいつでもまた連絡して、って言ってくれたけどきっとこちらから連絡することなんてない。

三田さんの言葉がマンションに帰ってからも頭の中にこびりついて離れなかった。

妊娠したって、今夜は穂高さんに話さなきゃ。

あれこれ言うことを考えていると、さっそく彼が帰ってくる気配がした。

「おかえりなさい」

「ああ、ただいま」

時計を見るとすでに二十三時を回っていて、穂高さんもなんだか疲れた顔をしている。

「あの、夕食は？　なにか作りますか？」

ネクタイを緩め、ジャケットをバサリとソファの背もたれに投げかけ、気だるそうに前髪を掻きあげる。

「いや、もう外で食べてきた」

「じゃあ、お茶でも淹れますか？」

温かいお茶でひと息入れてもらおうと用意しかけたところで彼のスマホが鳴った。

「お茶はいい、悪いな」

そう言って穂高さんは忙しなくスマホを持って自分の部屋へ入ってしまった。

なんか、機嫌が悪いような……。

たぶん、今日はものすごく疲れているんだ。彼が戻ってきたらサプライズで妊娠報告をしよう。そう思っていると、ボソボソと穂高さんの話し声が聞こえてきた。

なにを話してるのかな、こんな時間に仕事の話？

なんとなく気になって、こんなことしたらだめだとわかっているのにそっと彼の部屋の前に立つ。

「莉子には絶対に秘密にしておいて欲しいんです。はい、よろしくお願いします」

今、私に秘密って言った？

目を見開いたまま棒立ちになっていると、いきなり部屋のドアが開いてビクリと肩が跳ねる。

「なにしてるんだ？」

「あ、いえ、その……なにも」

「立ち聞きなんて趣味が悪いぞ」

眉を顰めた彼の、その冷たい口調にゴクリと喉が鳴る。

やっぱり、今夜の穂高さんは変だ。

「すみません……あの、誰からのお電話だったんですか？　仕事？」

「なんでもない」

私の顔を見もせず雑に答えられて、なんだか感情がささくれ立ってきた。彼が帰宅早々機嫌が悪いなんてことは滅多にない。いつもなら、にこにこして今日あった出来事なんかを話してくれるのに。

「なんでもないってことないですよね？　私には絶対に秘密ってなんのことですか？」

気になる。

その一心で立ち聞きしていたことを認め、彼に問いかける。すると穂高さんの表情が一層険しいものに変わった。

「悪いがそのことについてはまだ言えない。それよりお前、今日の昼、誰といた？」

「え？」

ゆるりと顔をこちらに向ける彼の表情は不機嫌を露わにしている。

「誰って、どうしてそんなこと——」

「誰といたんだ？」

トーンの低い声が私の言葉を切る。いよいよ本気で怒っているとわかると、私はその威圧感に押し負けて「三田さんです」とぽつりと呟いた。

『ちょっと知り合いに似た人が歩いていたのを見たからさ、でも気のせいか』

カフェで三田さんと話しているとき、ふと彼がそんなことを言って窓の外を見ていたのを思い出してハッとする。

もしかして、三田さんが言っていた知り合いって、穂高さんのことだったの？

あのときの三田さんの口元にはうっすら淡い笑みが浮かんでいた。思い返せば、それは穏やかなものというよりはどことなく勝ち誇ったような、そんな感じだった。

「三田さんと一緒にあのカフェにいたのを見たんですね」

「今日はＫＡＭＩＹＡＭＡの近くで仕事だったんだ。莉子、あいつには近づくなと言ったろう」

三田さんと行ったカフェの前の大通りは穂高さんもよく通る道だ。穂高さんから忠告されていたけれど、やましいことをしていたわけじゃない。

「穂高さんは勝手すぎます。一方的に三田さんに近づくなって言ったり、私に秘密なことがあって質問にも答えてくれないくせに」

やだ、私なに言ってるの？

口にするつもりなんかなかったのに、つい愚痴めいた言葉が溢れる。私にそう言われて穂高さんは気まずそうに頬を人差し指でカリッと掻いた。

「悪い。今日は疲れてるから先に休む」

「あ、穂高さん」

これ以上の会話は険悪になるだけだ。そう判断したのか、穂高さんは私の呼びかけに振り向くことなく自室へ入っていった。

はぁ、妊娠のこと話しそびれちゃったな。

仕事が忙しいのはわかるけど、最近あまり穂高さんとろくに会話ができていない。

私は肩を落としこみ上げる切なさを抑えつつ、彼の部屋のドアを眺めた。

今日は今朝から身体が重だるかった。穂高さんが出勤した後、つわりの吐き気に襲われて店に出るのが遅くなってしまった。運転手の坂木さんに心配されながらなんとか店にたどり着く。

「あ、女将さん」

いつも店頭に立つときに着る着物に着替え、店に出るなり声をかけられる。見ると、私が担当していたお客様が今にも泣きそうな顔で従業員に宥められていた。ただならぬその様子に今までの重いだるさが一気に吹き飛んだ。

「どうかされたんですか？」

「女将さん……」

彼女は来週挙式を控えている二十代のOLさんだ。式に着る色掛けも先日決まって、あとは当日を待つのみだったはず。

「あの、ここじゃ落ち着きませんでしょう？　よかったらこちらへどうぞ」

店内にある休憩スペースへ案内すると、私の顔を見るなり涙腺が崩壊した彼女が、目元をハンカチで押さえながらこくこくと頷いた。

彼女が落ち着くまで待ち、しばらくして彼女が嗚咽交じりに口を開いた。

「け、結婚……だめに、なっちゃったんです」

だめになったって、どうして？　あんなに幸せそうだったのに？

婚約者の好みだという清楚で爽やかなイメージの色掛けを選び、満足げにしていた彼女の口から破談したと聞いて絶句してしまう。

「あの、差し支えなければ理由をお尋ねしても？」

お客様のプライベートに足を踏み入れるのは憚られるけれど、何度もお店に足を運んでもらい、着物を試着したときの彼女の笑顔が素敵で印象的だった。それが今跡形もなく崩れ去ってしまったことに私も胸が痛い。だから、なにか力になれることがあれば、と問いかける。

「実は私、二股をかけられていたみたいなんです。それで、浮気相手が妊娠したから責任を取ると言って……」

彼女はうぐうぐと無理やり嗚咽を押し殺し、唇を噛み締めながら膝の上の拳を握った――。

浮気相手、か。

ひと通り彼女の話を聞き終えて、色掛けのキャンセルの手続きをした。項垂れて店を後にするその後ろ姿を見ているとあまりにも気の毒で胸がキュッと締め付けられた。

そのとき。

『無事に生まれてくれるならそれでいいだろ』

ふと、先日穂高さんが誰かと交わしていた会話が脳裏を過る。気のせいで済ませられることなのに、どうしても悪い方向へと結びついてしまう。

まさか穂高さん、浮気してるとか？　その相手が妊娠したからあんな会話を？

考えれば考えるほど焦燥感が沸き起こり、嫌な汗が噴き出そうになる。

ああ、もう！　ウジウジ悩んだってしょうがないじゃない。

「女将さん、この間発注した反物の確認してもらっていいですか？」

「え、あ、はい、わかりました」

従業員に声をかけられて我に返る。今はまだ仕事中だ。頭を振ってよからぬ想像を掻き消すと、気を取り直して作業へ戻った。

身体がふらふらする。

あと少しで閉店時間だというのに、突然貧血のような目眩がして胃がムカムカする。

今日一日ずっとこんな感じだ。そんな私を見兼ねた父から「今日はもういいから帰りなさい」と言われてしまい、渋々今日は早上がりすることにした。穂高さんにもまだ妊娠のことは言えておらず、しかも最近ふたりの間の空気が少し怪しい雲行きになってきている。そんな状態で父に「子どもができたの、お父様、初孫よ」なんて明るく言う気にもなれなかった。

いつも店まで送り迎えしてくれる坂木さんに早退の旨を伝えると、スケジュールが合わず、すぐに迎えに来られないようで、私は気分が落ち着くのを待って電車で帰ることにした。

これってつわりのせいだよね？

妊娠六週目と医者から告げられたときはまだ軽かった。けれど、日を追うごとにだんだんつわりの頻度が増えてきた。

更衣室で着替え終わり、はぁと息づいたと同時にバッグの中のスマホが鳴る。もしかしたら、体調不良だと坂木さんから聞きつけた穂高さんからかもしれないと電話に出ると、それは予期せぬ相手からだった。

『莉子ちゃん、お疲れ』

「三田さん？」

なんだか今日は一日中悶々としていて、三田さんの底抜けに明るい声にホッと肩が下がる。

『電話に出るってことは早上がりした？　実は今日、うちの従業員が偵察にKAMIYAMAにお邪魔したんだよね』

「え？　そうだったんですか？」

『そのときに、なんだか莉子ちゃんの具合が悪そうだったって聞いたから、ちょっと心配で電話したんだ』

いつもこの時間はまだ仕事をしている。三田さんもそれをわかっているはずなのに、このタイミングで電話がかかってきたのが不思議だった。

『今、まだ店にいる？』

「はい、坂木さんの都合がつかなくて、これから電車で帰ろうかと――」

『ちょっと待ってて、あと数十分だから』

え？　数十分？

ブチッといきなり通話が切れて、なにが数十分なんだろうと思っていると、しばらくしてからスーツ姿の三田さんが颯爽と店に現れた。

「具合が悪いっていうのに、電車じゃつらいだろ？　この近辺を車で走っていたから迎えに来たよ」

正直、電車に乗っている間に急に具合が悪くなったら、と考えると三田さんの迎えはありがたかった。穂高さんに連絡をしても、きっと会議やらで忙しいに決まっている。

「ありがとうございます。助かります」

「店の前の道に車停めてあるから乗って」

この際だから、穂高さんのこと色々聞いてみよう。三田さんなら、私の知らない彼のことをよく知ってるみたいだし……。

『あいつには絶対近づくな』

その言葉がチクチクと背中を突っついてきて、罪悪感を煽られながら私は三田さんの車に乗り込んだ。

三田さんの車は穂高さんが乗っているような高級車とまではいかないものの、決して乗り心地が悪いわけではなく、彼の運転も丁寧だしシートも広々としていてむしろ快適だった。

私を浮かない顔にさせているのは今日の女性客に起きた出来事だ。頭の中で穂高さんとリンクしてしまい、ずっとモヤモヤしていた。

膝の上にのせたバッグの取っ手を摑み、私は思い切って三田さんに穂高さんのことを聞いてみることにした――。

「え？　穂高の過去の話？」

私が穂高さんの過去について尋ねると、それが意外だったのか三田さんが眉を跳ね上げ、横目でチラリと私を見た。

「はい。その、私とお見合いする以前にお付き合いしていた人がいなかったのかな、とか」

すでに結婚しているのにこんなことを聞くなんておかしいのは自分でもわかっている。

三田さんは「うーん」と一頻り考えた後、ぽつりと言った。

「昔からなにを考えているかわかりづらい男だった。女性関係もね。莉子ちゃんを前にしてこんなこと言うのはどうかと思うけど、不自由してるようには見えなかったな」

「そう、ですか……」

三田さんと穂高さんは昔からの付き合いだと言っていたから、彼が言うことは信ぴょう性がある。自分で聞いておいて、いざ言葉にされると少しショックだ。

三田さんが赤信号でブレーキを踏むと私へ顔を向けた。

「本当は穂高なんかと一緒にいたって幸せじゃないんだろ？」

私の気持ちを見透かすような言葉に息が詰まる。

「どんな小さなことだっていい、もしなにか悩みがあるなら話して欲しいんだ。それで少しでも莉子ちゃんの気が晴れるなら」

穂高さんとの夫婦関係のことなんて三田さんにとってはなんの面白みもない話だ。わかっているけれど、そんなふうに優しく寄り添われたらつい甘えたくなってしまう。

「実は……穂高さん、最近私とあまり会話がないばかりか隠し事をしてるみたいなんです」

それはなんだ、聞き捨てならないな。と言わんばかりに三田さんが私の顔色を窺いながら耳を傾ける。

「なんのことか聞いてもはぐらかすし、この前、誰かと電話してたときに気になることを言ってたんです。無事に生まれてくれるならそれでいいだろって」

「え、じゃあ、莉子ちゃん……」

運転しながら驚いたように目を瞠る三田さんに、穂高さんとの子を妊娠していることを告げた。

「でも、まだ穂高さんには話していないんです。妊娠したってこと。だから、無事に生まれてくれるならって言っていたのは私の赤ちゃんのことじゃありません」

今日、婚約者の浮気が原因で結婚が破談になったと言って色掛けをキャンセルしに来た女性客のことが頭の中を巡る。

「なるほどね、それに莉子ちゃんになにか隠し事をしているとなると、浮気してるんじゃないかって心配になってるわけだ」

三田さんは勘が鋭い。皆まで言わなくとも察しがつくようで、私は素直にコクンと頷いた。否定したくても、坂道を転げ落ちるようにどんどん嫌なほうへと考えてしまう。

「もしかして莉子ちゃんがこの前の結婚式で具合が悪かったのは……そうか」

三田さんは進行方向にある赤信号をじっと見つめ、あのときから私が妊娠していたことを悟ったように、人差し指と親指で顎を撫でた。

「莉子ちゃんにそんな心配させるなんて、身重ならなおさら気遣ってやらないとだろ？　僕だったら、そんな思いさせないんだけどな」

三田さんと話しているうち、気づけばもう自宅マンションの前にたどり着いていた。そしてエントランスの前に車を停めたときだった。

急に三田さんが真顔になっていきなり私の手をやんわり握った。

「穂高と離婚して欲しい」

またいつものように「冗談だよ」と言葉が続くのかと思っていたけれど、三田さんの表情に笑みはなく、じっと私の返事を待っているかのような沈黙が車内に流れた。

「上辺だけの気持ちで繋がった結婚なんか本当の幸せって言えるのか？　君はもっと自分自身を大切にしたほうがいい」

「三田さん……」

「好きなんだ。莉子ちゃんのこと、ずっとずっと……気になってた。既婚者にこんなこと言うなんておかしいかもしれない、けど、自分の気持ちを伝えたかったんだ」

もし、私が穂高さんと別れて三田さんと再婚すればきっと略奪婚と噂される。それでも彼は、欲しい物が手に入るのなら、後ろ指を指されようと痛くも痒くもないのだろう。

「上辺だけの気持ちで繋がった結婚なんか本当の幸せって言えるのか？　離婚したって桐ヶ谷にはほかにも相手がいるさ、実際、穂高と結婚したがってた令嬢はたくさんいるしな」

三田さんが言うように、穂高さんのような大手企業の御曹司なら、私なんかよりもずっと良家のお嬢様と結婚したほうがお似合いだったのかもしれない。

穂高さんは、ずっと自分に嘘をついて私と一緒にいることになるのかな。

利己的な考えで昇進のために結婚したなら、彼は本当に人を愛することなく生きていくことになるのではないか。私だけ愛することはあっても彼に愛されることはない。

こんな仮面夫婦の冷めた結婚生活なんて、きっと私は耐えられない。

「莉子ちゃんの気持ちの整理がついたらでいい、お腹の子が穂高の子でも君と一緒に守るよ、だから僕と——」

「やめてください」

震えそうな声を抑えつけてそれだけ言うのが精一杯だった。三田さんは言われるがまま、眉尻を下げてしばらく黙り込んだ。

三田さんはいい人だ。でも、まるで悪魔の囁きのように穂高さんに対する私の想いを崩そうとする。それに、私がひとりで悶々と考えているだけで、穂高さんからまだひとことも話を聞いていないのに。自己完結のままではいけない。

「ちゃんと穂高さんと話し合ってみます。私の勘違いかもしれないし、だから今は彼のことを悪く言うのはやめて」

「ごめん、莉子ちゃんを困らせるようなこと言ったね。でも、僕の気持ちは変わらないから」

意志を貫き通す姿勢を見せ、最後に三田さんがにこりと笑った。

「莉子！」

重い足取りで家に帰る。リビングの照明はまだ落とされたままだ。

しばらくソファに座って部屋でゆっくりしていると、穂高さんが慌てた様子で玄関に駆け込んできた。

「今日、仕事中に具合が悪くなって早退したと坂木から聞いた。すまない、今までずっと会議だったんだ。終わってからすぐに何度も電話をしたんだが……」

気がつけば、スマホに彼からの着信が何件も入っていた。マナーモードにしていたため、今まで気がつかなかった。

「ええ、大丈夫です。そうだろうと思ったから連絡しませんでした」

私は内心、やっぱり、と思う。仕事なんだから仕方がない。そう頭ではわかっているのに、うまく通じ合えない歯がゆさがふつふつとこみ上げてくる。

「坂木は都合が悪くて迎えに行けなかったと言っていたが、電車で帰ってきたのか？」

ここで本当のこと言おうか一瞬迷ったけれど、嘘をついたり誤魔化しても仕方がない。

心配そうに私の顔を覗き込んでくる穂高さんに罪悪感を覚えながら、私は「三田さんに送ってもらいました」と正直にぽつりと呟いた。

憮然とした表情を見せた穂高さんだったけれど、次第に険しいものに変わりざっくりと眉間に皺を寄せた。

「なんだって？」

穂高さんが言葉を失って目を見開く。室内は静まり返り、居心地の悪い沈黙だけがゆっくりと流れていく。すると、穂高さんが天井を仰いで大きなため息をついた。

「お前はいつから直樹に手懐けられたんだ？　俺の言うことは一切聞かず、なぜ勝手なことばかりするんだ」

なんとか穏便にいかないものかと考えていたら、思いもよらぬことを言われて体内の血液が一気に沸騰するような感覚になる。

勝手なこと？　穂高さんこそ勝手じゃない。

そう言い返そうとして口を開きかける。けれど、次に続く言葉が浮かんでこず、結局唇を上下させただけで視線を下げた。

「なにが言いたいんですか？　だいたい、勝手なのは穂高さんでしょう？　私に隠れてこそこそして、ほかにお相手がいらっしゃるならそう言えばいいじゃないですか」

穂高さんは私を疑っている。そう思ったら、頭に血が上ってついカッとなってしまった。抑えの利かなくなった感情が暴れ出し、言葉にする必要のないことが次々と口をついて出る。頭の一番奥にある導火線に火がついて、それが爆発したようだった。

「女除けとか形だけとか色々言って、結局、穂高さんは初めから自分の昇進のために私と結婚したんでしょう？」

「は？　昇進？　なんのことだ？」

寝耳に水。といった表情がさらに私の気持ちを逆撫でる。無意識に噛む奥歯の音が今にも聞こえてきそうだ。

「桐ヶ谷ホールディングス昇進の条件は既婚者であること、なんですよね？　昇進したら次は専務ですか？　よかったじゃないですか」

笑ったつもりだったけれどうまくいかない。くしゃりと歪んだ私の顔は泣き出す直前のように見えたかもしれない。

「莉子、さっきからいったいなんの話をしているんだ？」

この期に及んでまだ誤魔化そうとしている彼に、私は細くため息をついた。

「最初から仮面夫婦だったなら……ほんと、馬鹿みたいですよね。これ以上一緒にいないほうがお互いのためなんじゃないですか？」

「本気でそう言っているのか？」

はい、そう頷くと、穂高さんはその言葉の真偽を見定めるようにスッと目を細めた。

穂高さんが本当に愛する女性はきっと私じゃない。彼を愛してしまったからこそ、切なくて、苦しい。愛おしいという気持ちを初めて知って、私は心の底から最高に幸せなひとときを味わった。だけど、穂高さんは形だけに捕らわれている。

私といることで本当に人を愛することを知らずにいるだなんて、だったら、私が身を引くしか……それに、裏切りを知りながら彼の前で笑って過ごせる自信もない。

穂高さんと別れることが徐々に現実味を帯びてきたとき、一気に目元が熱を持ち、視界がぼやけた。涙がこぼれないように何度も瞬きをするけれど、唇の震えは誤魔化せなかった。

穂高さんと結婚した当初、離婚する手立てをあれこれ考えていた。そんな日々を思い出す。料理下手をわざとアピールしたり、勝手に高価な物を黙って買ったりしたけれど、今はそんなことを考えるだけでも胸が張り裂けそうで苦しい。そのとき。

「うっ……」

「莉子？」

急に胃からこみ上げるような吐き気に襲われて咄嗟に口元を押さえた。

「おい、どうした？」

「大丈夫です」そう言いたいのに、口を開いたらこの場で戻しそうな勢いだった。私は堪えきれずにそのままトイレへと転がり込む。

な、なんなの、こんなときに……。

「はぁ」

トイレにこもったまましゃがみ込んで壁に凭れかかる。このタイミングでつわりがくるなんて、きっとお腹の赤ちゃんが「喧嘩はだめ！」って仲裁に入ってくれたのだ。

そう思うと、親になるというのに情けなさでいっぱいになった。また涙腺が緩んできて、私はグッと唇を噛み締める。壁に後ろ頭をつけ、私は天井に向かって大きく息を吐いた。

穂高さんが自分の子だと知ったら、愛してもいない女性を妊娠させたと重荷に思うだろう。だけど、すでに赤ちゃんは私のお腹の中で息づいている。

私が守らなきゃ。

なんとか落ち着きを取り戻してリビングに戻ると、穂高さんが手にしていた物を見てギョッとした。

「莉子、お前……」

バッグに入れておいたはずの母子手帳を、どうして穂高さんが持っているの？

私はなにも言わず、咄嗟にその手元からひったくるようにして胸に掻き抱いた。

「違います」

なにが違うのか、なにを否定したいのか自分でもわからないまま、ただ首だけを振る。

「すまない、さっき莉子がソファから立ち上がったときにバッグが落ちて……。母子手帳ってことは、妊娠しているのか？」

見ると、ソファの下にバッグの中身が散乱している。落ちたときにこれが穂高さんの目に入ったのだろう。

私たちに赤ちゃんができたんですよ。そう言ったらきっと穂高さんは喜んでくれる。そう思って胸を躍らせていたけれど、こんな状況になってしまった今ではその事実を伝えることも躊躇してしまう。思わぬ拍子に知られてしまい、私はゴクリと息を呑み込んだ。

「ま……せん」

「え？」

「この子は、穂高さんの子じゃありません」

ゆっくり穂高さんへ視線を向けると、愕然とした彼の表情が私を見下ろしていた。

「……俺の子じゃなかったら、誰の子だって言うんだ？」

悪い冗談はよせ。と彼は引き攣った笑いを浮かべている。

「莉子、もう泣くな」

そう言われて、私は自分の目から涙が滾々と流れていることに気づく。しゃくりあげる息もまだ整っておらず、グイッと雫を袖で拭う。けれど、涙はなかなか止まらず、自分の身体なのに、まったく意思も感情もコントロールできない。その焦りがますますしゃくりあげに拍車をかけた。

「気持ちが通じ合ったふりをしてたんです。本当は穂高さんとずっと離婚したくてたまりませんでした。だから……だから」

こう言ってしまえば、もう取り返しがつかない。だけど穂高さんは私といるべきではない。揺れる気持ちを振り切って、私は短く息を吸った。

「実は三田さんと二股かけてたんですよ。この子は三田さんの子です。穂高さんの浮気を疑って、自分も同じことをしてたなんて……最低ですよね、私」

その言葉を受けた穂高さんの顔から、ぽっかりと表情が抜け落ちた。呆然とし、私の言った意味を解するためか、彼はしばらく黙り込んでいた。

「嘘だろ……」

私の視線の先に拳を握り締める彼の手が見えた。小刻みに震えていて、動揺しているのが伝わってくる。

私は散乱したバッグの中身を拾い上げ、その中にあった手帳を開いて一枚の紙を取り出した。

ついに穂高さんにこれを渡すときが来た。

「穂高さん、これを」

「なんだ、……ッ!?」

手渡した離婚届を見るなり喉を鳴らして息を呑むのがわかった。彼は信じられないものを見たかのような顔をして離婚届に食い入っている。放心したまま穂高さんが離婚届を受け取ると、私はこれ以上この場にいることができなくて自分の部屋へ駆け込んだ。

穂高さんに離婚届を突きつけてから一週間が経った。

あの日以来、彼とろくに口を利いていないし、お互いに気まずい雰囲気が漂ったまま、穂高さんは海外出張に旅立っていった。

一方的に離婚を迫る形になってしまったけれど、後悔はしていないと言ったら嘘になる。父に離婚届の証人になってもらうのもなんだか心苦しい。それに、私と穂高さんが今こういう泥沼の状況であることも父は一切知らない。子どもができて、しかも穂高さんと離婚することになったなんて言ったら卒倒するに違いない。

『実は三田さんと二股かけてたんですよ』

『この子は三田さんの子です。穂高さんの浮気を疑って、自分も同じことをしてたなんて……最低ですよね、私』

咄嗟に浮かんだこととはいえ、三田さんを利用した罪悪感は否めない。あのときの彼の悲嘆に暮れる顔を思い出すだけでも胸がえぐれるようだ。

午前中の仕事が一段落し、休憩室にひとりでいると悶々としてしまう。今何時だろうとスマホを手に取る。

ん？　メール？

穂高さんからメッセージを一件受信しているようだったけれど、なんだか内容を見る気になれずにそのままバッグにスマホを突っ込んだ。

「はぁ」

これで何度目のため息だろう、仕事中も無意識にため息をついたら従業員に「お疲れですか？」なんて言われてしまった。

テーブルに突っ伏してギュッと目を閉じる。すると目の前のありとあらゆるものが闇に閉ざされ、当面の問題も感情の乱れも即席の暗がりに沈み込む。それはそれはパッと部屋の明かりを消すように、またはハサミで糸をプツリと切るイメージに似ている。延々と続く嫌な思考をブツリと断ち切る儀式のようだ。

「こんなときに沙奈がいてくれたら、話のひとつやふたつ笑って聞いてくれただろうな……」

「どうかしたの？」

「うん、今、穂高さんと険悪な雰囲気で……」

え？

誰もいないはずの休憩室に、いるはずのない人の声がしたような……きっと精神的に疲れて幻聴でも聞こえたのだろう。

しっかりしなきゃ！

パン、と両手で頬を挟んで固く目を閉じたそのとき。

「なに浮かない顔してるのよ、元気ないじゃない？」

やっぱり聞こえた。聞き間違いなんかじゃない。

そう思って勢いよくドアのほうへ振り向くと。予想外の人物がドアの前で立っていた。

第十章　幸せの折り鶴

「ッ!? さ、沙奈!?」

嘘でしょ、どうして？　なんでここにいるの？　アメリカにいるんじゃ……。

あまりの驚きに金魚みたいに口をパクパクさせている私を見て、沙奈が相変わらずの笑顔を浮かべている。夢でも見ているんじゃないかと私は何度も目を瞬かせた。

先月、無事に結婚式を終えて水橋沙奈となった彼女は、夫と一緒に日本を離れた。目まぐるしく色々なことがありすぎて、もうだいぶ前のことのように思える。

「ついこの間アメリカに引っ越ししたばかりなんだけどさ」

ほんの少し迷いの交じった言葉尻を怪訝に思いながら沙奈の言葉を待つ。

「実は、子どもができたの」

え？

なんとなく言われてみれば全体的に少しふっくらしたような。結婚式のために肩下まで伸ばしていた髪の毛も、ショートボブにカットされていた。ふと、彼女の左薬指に目がいく。そこには真新しい傷ひとつない結婚指輪が輝いていた。

時刻は夕食にはまだ少し早い十八時。

「ここに来るの、久しぶりな気がする。よくランチしたよね」

突然の沙奈の訪問に店のスタッフも気を利かせてくれて、早めに仕事を終わらせることができた。

「そうね、沙奈がアメリカに行ってからなんだかランチも味気なくて……」

私は溢れんばかりの積もる話を抑えながら、沙奈とよく行っていた行きつけのイタリアンへ入った。

沙奈が日本に帰国したのには理由があった。

結婚式だの引っ越しの準備に追われていた彼女は、妊娠の兆候があったのにもかかわらず検査をするタイミングを逃していたのだという。そしていざアメリカへ渡って思い出したかのように検査をしたら、すでに妊娠三ヵ月になっていたらしい。

「初めての妊娠だし、私の残念な英語じゃ産婦人科に行ったとしてもうまく伝えられなかったり保険のこともややこしくて、それがかえってストレスになっちゃってね」

沙奈はアメリカで始まるこれからの新生活とマタニティーライフに期待しつつも不安を覚えていた。妊娠で情緒不安定になっているのに加えて言葉の壁にも悩まされ、そのストレスから体調を崩してしまった。

「それで旦那がいっときでも落ち着くまで帰国してはどうかって提案してくれて、私は大丈夫だって言ったんだけど、結局お言葉に甘えることにしたの」

一昨日帰国し、今は実家に身を寄せているようで、今日もわざわざ私に会いに店に来てくれたらしい。

大変だったのは自分だけじゃない、沙奈も色々あったんだ。

そう思ったら、なんだか情けない気持ちがこみ上げてきて、先ほど注文したアラビアータを前に目元が熱くなった。

「莉子のほうはどうなの？　穂高さんとうまくいってる？」

今度は私のことを話す番だ。なにも知らずににこにこしている沙奈の笑顔が痛い。それでも私は話を聞いてもらおうと鉛のように重たい口をゆっくりと開いた——。

「えっ？　莉子もおめでたなの？　それなのに穂高さんと離婚って……ちょっと、どういうこと？」

解せない。理解に苦しむ。という意思表示を前面に出して沙奈が眉を顰めた。

「うーん、秘密にしていることがあるのは気になるけれど、桐ヶ谷さんが浮気をするなんて考えられないんだけどなぁ、そもそも、どうしてそんなふうに思うの？」

沙奈は何度も低く唸って首を傾げながら不思議そうな顔で私を見た。

「どうやら私のほかにも相手がいるみたいなの、私が妊娠してるって報告する前に『無事に生まれてくれるならそれでいいだろ』って話しているのを偶然聞いちゃってね」

「でも、その会話だけで浮気だって決めつけるのは早合点じゃない？」

私だってそんなふうに思いたくはない。だけど、私に言えないなにかを隠しているのは確かだ。

結婚当初は私にも穂高さんにも愛なんてなかった。けれど、お互いに歩み寄り生活をともにすることで気持ちが通じ合った……そう思っていたのは、私だけだった。悲嘆にくれて熱くなった目頭を押さえていると。

「ん？　ちょっと待って、莉子、『無事に生まれてくれるならそれでいいだろ』って、そう桐ヶ谷さんが言ってたって？」

「うん」

沙奈がゆっくりと天井を仰ぐ。そしてなにかを思い出したかのようにパチッと両目を見開くとそっと首を起こし、私のほうへ視線を移した。

「沙奈？」

「それ、たぶん私の赤ちゃんのことだよ」

その言葉を受けて、思考回路と動作が完全にストップしたまま、手にしていたフォークを床に落としてしまった。

「沙奈の赤ちゃんのことって？」

ようやく口が開けるようになった頃には、すでに新しいフォークがテーブルに置かれていて、いつ店員さんが交換してくれたのかさえ気づかなかった。

「実はね……」

なにか思い当たる節があるのか、沙奈は静かに話を続けた。

彼女の話によるとアメリカに渡って数週間が経ち、これから新天地であれこれ準備を始めようとしていたときに妊娠が発覚した。異国の地で思うようにならないこともあって、こんな精神状態で健康な子を産めるのかと沙奈が不安な気持ちを旦那様に打ち明けると、旦那様は自分の上司である穂高さんを頼りに相談の電話をかけたのだという。

「桐ヶ谷さんには旦那が入社した当初からお世話になってて、なんでも話せる兄貴みたいな存在だってプライベートでも仲良くさせてもらってたみたい、それで『母体の精神状態は胎児に影響するのか』って聞いたときに桐ヶ谷さんから『色々悩んでても、無事に生まれてくれるならそれでいいだろ』って言われたって……」

それを聞いて私は再びフォークを落としそうになって慌てて押さえた。

「子どもが生まれるまで一旦海外勤務を延期したほうがいいんじゃないかって、旦那が私に言ってきたことがあって、せっかくの昇進のチャンスなのにって反対したら桐ヶ谷さんにも同じことを言われたみたいなのよ」

その瞬間、無意識に私は目を見開いて、目の焦点を失ったまま自我もどこかへ置き忘れた状態になった。

「ねぇ、莉子が聞いたその桐ヶ谷さんの電話の相手って、きっとうちの旦那じゃないかな？　隠してることがあるにしろ、そんなふうに言ってくれる人が浮気なんてしないと思う」

だから、桐ヶ谷さんのことをもっと信じてあげて。

口には出さなくても、最後にそう言われた気がした。もし、その話が本当だったとしたら、私はとんでもない勘違いをしていることになる。そう思ったら全身の血の気がさっと引いた。

「ストレスで旦那と喧嘩になったときも、『環境が変わったからだ』『慣れてしまえば彼女もそのうちわかるだろ』ってウジウジしてた旦那を桐ヶ谷さんが宥めてくれたのよ」

私の妊娠がわかった日の夜、穂高さんが誰かと電話をしていたときのことをもう一度思い出してみる。考えてみたら、所々不鮮明な部分もあったというのに断片的な会話だけで勝手に彼を疑ってしまった。

ああ、穂高さんになんてことしたんだろう……私、最低だ。

「うちの旦那の電話がきっかけで話がこじれちゃったみたいだね、ごめん」

視線を落とす沙奈に私は全力で首を振った。

違う。沙奈のせいでも旦那様のせいでも、ましてや穂高さんのせいでもない。全部私が悪い。

彼の話をろくに聞かずに勝手な思い込みでひどいことを言った。

穂高さんだって私に言いたいことがあったはずなのに、一方的に離婚届を突きつけたりして。

そのときの穂高さんの気持ちを考えると、心臓が殴られたような気持ちになって鼻の奥がツンとした。

今すぐ穂高さんに会いたい。

そんな想いがこみ上げて勢いよくバッグの中からスマホを取り出す。けれど、今、彼が出張中だということを思い出してスマホを手にしたまま放心する。

そういえば、穂高さんからメールが入ってたんだった。

気づいていたけれど、あのときは見る気になれなくて今になってその内容を確認してみる。

【予定変更になった。今夜成田《なりた》着の便で帰る。話したいことがあるから、家で待っていてくれ】

そのメールを見た瞬間、どうしてもっと早く確認しなかったんだろうと激しく後悔した。

「穂高さん、出張中だったんだけど予定が変わって今夜帰ってくるって……」

私はそっとお腹に手を当てる。まるで会いたいと願った気持ちをお腹の赤ちゃんが叶えてくれたみたいだ。

「ふふ、きっとお腹の赤ちゃんもパパとママが早く仲直りできますようにって言ってるんだよ」

沙奈の笑顔に笑みを返し、スマホに表示された時刻を確認すると二十時になったところだった。そして、今夜何時に成田に到着するのか知りたくて坂木さんに電話をしたら、二十二時頃、成田着の便だと教えてもらった。

今からタクシーに飛び乗れば、成田で穂高さんに会うことができるかもしれない。穂高さんが帰ってくるまでまだかまだかとそわそわしながら家で待つよりも、直接空港へ行って一秒でも早く彼に会いたい気持ちが溢れ出す。

「莉子、会いに行きたいんでしょ？　私のことはいいから、行ってきなよ。いい報告待ってるから」

落ち着かない私を見兼ねた沙奈に背中を押されると、居ても立ってても居られなくなった。

会いたい。会いたい。会いたい。その一心で感情が爆発しそうだ。

穂高さんから送られてきたメールに、話したいこととあった。それがどんなことであろうと、私も彼に話したいことがある。

お腹の子は、あなたの子だ……と。

イタリアンの店の前で沙奈と別れ、すぐにタクシーを拾うと私は成田空港へと向かった。後部座席に座り、冷たくなった手を握り締める。途中、運転手になにか話しかけられたけれど、会話を広げる余裕もなかった。穂高さんのメールに〝話したいこと〟とあった。

莉子、やっぱり俺たち別れよう。

もし、そんなふうに言われたらなんて答えたらいいんだろう。自分で離婚を切り出しておいて勝手なことをしている自覚はある。最悪な事態を想像すると一気に視界がぼやけて、窓の外を流れる夜景が揺れた――。

途中で渋滞に巻き込まれ、タクシーが成田空港に着いたのは穂高さんの便が到着する三十分前だった。ギリギリの時間に焦燥を煽られ、タクシーから転がり出るとすぐに国際線到着ロビーへと急いだ。

到着便が少ない時間帯のため、ロビーもさほど混雑しておらず、自分の乱れた息づかいだけがやけに大きく聞こえた。彼に会ったらなにから口にしたらいいのだろう、夫だというのに妙に緊張する。胸に手を当て、何度も深呼吸して肩を上下させ、乾いた唇を湿らせる。彼が現れるまでもうすぐだというのに、すでに何時間もここで待っているような気分だ。

ドクドクと胸を打つ鼓動を抑えつける。すると、大きなスーツケースを手にしている人や、バックパックを背負った人だかりがわっと税関を終えて出てくるのが見えた。

穂高さんは、どこ？

ぞろぞろとロビーに流れ出てくる人たちに息を詰めて視線を動かす。すると、ひと際背の高いグレーのスーツを着た男性にピタリと目が留まった。穂高さんだ。

「穂高さん！」

わき目もふらず声を張り上げると、いきなり名前を呼ばれて驚いた彼が視線を跳ね上げる。そしてすぐお互いの目が合った。

〝莉子？〟

わずかに動いた彼の唇がそう言っているように思え、私はもう一度彼の名前を呼んだ。

穂高さんの姿を見たらもう一歩も動けなかった。瞳に張った涙がゆらゆらとしていただけだったのに、表面張力が決壊すると次々と雫がこぼれていった。

「莉子、お前……どうしてここに？」

まさか、空港に私がいるなんて思いもしなかっただろう、穂高さんが急いで私に歩み寄って来て、驚きを隠せない様子で目を瞠る。

「穂高さん……」

いざ、彼を目の前にしたら今まで頭の中で考えていた言葉が全部吹き飛んでしまい、どんな顔をしたらいいのかさえわからなくなった。そんな私に穂高さんはほんの少し笑みを浮かべる。

「なんだ、家で待ってろってメールしたのに、そんなに泣くほど俺に早く会いたかったのか？」

冗談で言ったつもりだったのか、唇の端を押し上げる穂高さんに私がコクンと素直に頷くと、意表を突かれたみたいに一瞬彼の目が見開いた。

「私も穂高さんに話さなきゃいけないことがあるんです。家でじっと待ってるなんてできなくて……すみません、なにも連絡なしに来てしまって」

気がつけば、ここで話すような内容じゃない。考えもなしにいきなり空港まで来て、かえって迷惑だったのでは？

そう思っていると、穂高さんがそっと私の頭を胸に引き寄せた。

「案外早めに仕事が片付いたんだ。莉子のことも心配だったし、とにかくここじゃなんだから帰ろう」

優しい声音に包まれて、私はその胸の中で「はい」と小さく呟いた。そして彼を感じるように大きく息を吸い込むと、ほんのり異国の匂いが鼻を掠めた。

穂高さんもやはり疲れていたようで、帰りのタクシーでの会話はほとんどなかった。その代わり、私たちはずっと手を握り合っていた。

「少しは落ち着いたか？」

「はい」

沙奈と食事をしてから怒涛のごとく時間が過ぎた気がする。マンションに帰宅し、ふたりでソファに座ってひと息つくと、私はまずは一番に穂高さんに謝った。

「沙奈がおめでたで、日本に帰ってきたんです。それで私のところへわざわざ会いに来てくれて一緒に食事をしました。本当にごめんなさい、全部私の勘違いで……悪いのは私です」

以前、穂高さんが電話で言っていたこと、それですっかり浮気をしていると思い込んでしまったこと、そのときの電話の相手が沙奈の旦那様だったと聞いたことを全部順序立てて話すと、穂高さんは額に手のひらを押し当てて天井を仰いだ。そして、首を起こすと真剣な表情で私の顔を覗き込む。

「莉子、やっぱり俺の子なんだろ？」

私を信じているから穂高さんはそう私に尋ねたのだ。それなのに一瞬でも彼を疑った自分が恥ずかしい。

「はい。私と穂高さんの子です。ごめんなさい、三田さんの子だなんて嘘をついてしまって……私なんかが穂高さんの傍にいちゃいけないって思ったから、勝手なことを言いました」

私の話を聞いた穂高さんは、はぁと力ない声をあげ、ぼんやりとした瞬きをした。

「前に直樹とふたりで食事に行ったとき言われたんだ。『彼女を泣かせるような真似したら……そのときは掻っ攫いに行く』って。ずっとお前を狙ってたみたいなんだ。それで、あいつには近づいて欲しくなかった。嫉妬したんだよ、莉子を誰にも取られたくないって……男のやきもちなんて、みっともないな」

穂高さんが自嘲気味に笑う。だけど、彼が嫉妬していたなんて意外だ。そして嬉しい。

「言っておくが、お前と結婚したのは昇進のためなんかじゃない。本当は手放したくなくて仕方なかったのに、馬鹿なことを言って莉子を傷つけた。こういう気持ち、初めてだったんだ。大切にしたいのに、どういうわけか逆のことをしてしまう」

『おふたりとも素直じゃないところは夫婦そろって似てますね』

ふと、前に坂木さんにそんなことを言われたのを思い出す。あのときはどこが似てるのよ、と心外だったけれど、今ようやくその意味がわかったような気がする。それはお互いに素直になることで、複雑に絡み合った糸がスルッとほぐれていくような感覚だった。

「莉子、見せたいものがあるんだ、来てくれないか」

穂高さんに促され、彼の部屋へ通される。真っ暗な部屋にパッと明かりが点いた瞬間、私は息を呑んだ。

「これ……」

目に飛び込んできたのは正絹でできた見事な白無垢だった。照明に照らされ上品な光沢が一層輝いて見える。大輪の花牡丹を始め麗しい花々や、長寿の象徴である白鶴が描かれたそれは感嘆のため息が出るほど美しかった。

「実は莉子にサプライズしたくて、いろはやに特注していたんだ。出張やらでバタバタしててなかなか落ち着いて見せるチャンスがなかった」

もしかして、私に秘密にしていたことってこのことだったの？

初めから穂高さんは私のことをずっと考えていてくれた。それなのに……。

眉尻を下げて「ごめん」と呟く穂高さんをパッと見上げると、いつの間にか溢れていた涙が散った。

「親から譲り受けた白無垢がないなら、俺が唯一無二の白無垢を仕立ててやる」

穂高さんがにこりと笑って私の頬にそっと触れる。

「けど、このサプライズがかえって誤解を招く元になってしまったな、すまない。離婚沙汰になるくらいなら、早々に話しておけばよかった」

『莉子には絶対に秘密にしておいて欲しいんです』

あのときの電話の相手はいろはやの店主、竹野さんだったんだ。

私の中ですっかり穂高さんへの疑惑が晴れ、後から湧き起こってきたのは後悔と早計な己の愚かさだった。涙を振り絞るようにギュッと目を閉じると、なにかを差し出された気配を感じてそっと瞼を押し上げる。すると。

「莉子、この白無垢を着て俺と結婚式を挙げよう。そして、これを受け取ってくれるなら、今すぐ俺の目の前でこいつを破り捨ててくれ」

穂高さんが手にしていたのは、洗練された気品ある輝きをまとった結婚指輪と私が突きつけたままの離婚届だった。穂高さんの記入欄は空白で、離婚したくないという彼の意思が汲み取れた。

白無垢だけでも嬉しいのに、まさか結婚指輪まで用意してくれていたなんて。

私はためらうことなく離婚届を彼の前で破って、なんの片鱗かわからなくなるまでビリビリに破り捨てた。

「自分で離婚届を渡しておいてわがままかもしれませんけど、私……離婚なんてしたくありません」

「莉子……」

名前を呼ばれてしまったら顔をあげないわけにもいかず、私は涙でぐちゃぐちゃに濡らした面を上げた。ぼやけた視界の中で穂高さんがどうしてか泣きそうな顔をして笑っている。そして私の左手を壊れ物でも扱うかのように掬い上げると、薬指に指輪をスッとはめた。

「愛してるよ、莉子。この世の誰よりも」

「私もです」

吐息の交じる声で呟いたら、身構える隙もないくらい自然な仕草で穂高さんに抱き寄せられた。そして上向く私の唇を自らのそれで塞いだ。初めは優しくゆっくりとした動きだったのに、気持ちが高ぶりを覚えたら噛みつくような貪るようなキスに変わった。

「んっ……」

部屋の照明を落とすこともせず、部屋の奥にあるベッドに押し倒される。唇が深く合わさる度に、鼻から甘い声が抜けた。私の服に手を掛け自分の服も脱ぎ始めた穂高さんを見て慌てて私は腕を摑んだ。

「莉子の身体の負担になるようなことはしない。けど、お前の熱を感じたくて我慢できないんだ」

素肌の胸に抱き寄せられたら、今までの不安や後悔、すべての負の感情が心地の良い体温で溶けてなくなっていった――。

何度も「愛してる」と囁いて求め合って、しっとりとした空気の中。

「穂高さん、お腹、触ってみてください」

お互い裸でベッドに寝そべって、私はそっと横にいる彼の手をとった。そして、自分のまだ膨らんでいないお腹へあてがう。

「お腹が張ってるだけでまだ胎動は感じませんが、ここに私たちの赤ちゃんがいるんですよ」

「ああ、この子のことも莉子のことも全力で守るから」

穂高さんは私にそう誓って、こめかみに優しくキスを落とした。


「そう、よかったじゃない！　これで私もひと安心だわ」

今日もそつなく仕事が終わり、私は休憩室で穂高さんと一件落着したことを沙奈に電話で報告した。

彼女もあの後どうなったかと気を揉んでいたようで、私の話を聞いたらホッと安堵していた。そして正式に父にも妊娠のことを告げると、私の目の前でおいおいと泣き出してしまった。

しばらく電話で話した後、沙奈はこれから旦那様とチャットするらしく「またね」と言って電話を切った。

それにしても、穂高さんからサプライズの白無垢、本当に素敵だったな、あんな仕立てのいい白無垢は見たことがないくらい。帰ったらもう一度見てみよう。その前に買い物しなきゃ。

今日は穂高さんの仕事が早く終わると言っていたから、少し手の込んだ食事にしようと思いたち、帰りに買い物に行きたいからと坂木さんの迎えを断った。車でスーパーに寄りましょうかと親切に言ってくれたけれど、待たせてしまうのも気が引ける。

マフラーがないと首元が冷える季節になり、店を出て襟元をキュッと締めたときだった。

「莉子ちゃん」

不意に背後から声をかけられ振り向く。

「三田、さん？」

スーツを着ていつもの様子に見えたけれど、なんとなく暗い表情で三田さんが立っていた。

「ちょうど今日はこのあたりで仕事があったんだ。それで、莉子ちゃんどうしてるかなって、今帰り？」

「ええ」

このあたりで仕事だったなんてたぶん嘘だ。それを口実にここに来たような気がする。身構えるような顔をしていたのか、三田さんは私を見てクスリと小さく笑った。

「じゃあ、夕食に付き合ってくれないかな、この間のこと……謝りたいんだ」

私も三田さんを利用するようなことをしてしまった。けれど、それをあえて口に出す必要はない。それに、今はもう彼と一緒に食事に行く気も起きなかった。

「ごめんなさい、もうそういうのは……」

もう三田さんと関わってはいけない。頭の中で警鐘が鳴っている。私が俯いて黙っていると、それを拒否と捉えた三田さんが困ったように肩を下げた。

「しっかり穂高に躾けられたみたいだな、でも少し話をする時間をくれないか？　電車で帰るなら駅に着くまでの間だけでいい」

なにの話があるのかわからないけれど、彼とふたりきりにならなければ、と私は渋々三田さんの申し出に頷いて、足を駅へと向けた。

「結局、穂高とはうまくいったんだ」

大通りを歩きながら唐突に言われ目を瞬かせると、左の薬指を指さされた。そこにはお守りのように結婚指輪がきらめいている。

「まるで穂高に牽制されているみたいな気分になるね」

なんだか今日の三田さんは変だ。言葉の節々に棘があるというか、不機嫌な感じが伝わってくる。

「穂高さんとちゃんと話し合ったんです。結局全部私の馬鹿な勘違いで……三田さんにも色々話を聞いてもらってご迷惑をおかけしました」

三田さんがピタリと歩く足を止める。振り向くと、憮然とした表情の彼がゆらりと視線を動かした。

「君を困らせるようなことを言ったのは謝る。けど僕は――」

「やめてください。三田さん、私、結婚してるんですよ？　もうなにを言われようと、気持ちは揺らぎませんから」

三田さんは自分の欲をなんとか理性で抑えつけようとしている。だけど、わずかな隙間から溢れる欲求をどうすることもできないでいるのだ。だから私が曖昧な態度を取れば、かえって彼を惑わせることになる。

「すみません、もうふたりきりで三田さんと会うことはできません」

「え？　どうして？」

「これ以上、穂高さんに心配をかけたくないんです」

三田さんに私の気持ちをわかって欲しくて心の中で切に願う。

「三田さんには色々お話を聞いてもらったし、お世話になって感謝してるんです」

「だったら――」

イラついたような口調の三田さんにいきなり腕を掴まれる。このまま無理やりどこかへ連れていかれるのだろうかと思うと、怖くて一気に血の気が引いた。

「あ……」

腕を振り払おうとした瞬間、クラッと目眩がして足元がふらつく。

「莉子ちゃん！」

視界が回転し、その中に必死で私の名前を呼ぶ三田さんがグニャリと歪むと、そこで私の意識がプツリと切れた。

目の前に、キラキラと水面がきらめく青い海が広がっている。私の大好きな恋愛小説の一節に出てくるような綺麗な景色だ。太陽に反射した光に目を眇めると、真っ白な砂浜で、穂高さんが小さな子どもを抱え、私に背を向けて立っているのが見えた。

——穂高さん！

——莉子。

彼が振り向いてスッと手を伸ばす。自分の手を重ねると、優しくそして強く握られた。

——もう離さない。ずっとずっと俺と一緒にいてくれ。

「子、っ、莉子、莉子！」

遠くで私を呼ぶ声がする。その声に脳が揺さぶられ、ふわふわと意識が浮かび上がってきた。

「莉子！」

うっすらと瞳を開けたら、視界に穂高さんの顔が飛び込んできた。

「穂高さん……？」

わかりやすくホッとした顔をする背後には、見知らぬ天井があった。どうやら私はどこかに寝かされているらしい。

わけもわからず身を捩って身体を起こそうとしたら痛みが走って顔をしかめた。

「まだ寝てろって、意識ははっきりしているか？　どこか痛むところは？」

「あの、ここは？」

「救急搬送先の病院だ。急に気を失ったと直樹から連絡があったんだ。このまま意識が戻らなかったら母子ともに危険な状態になると医者から言われて、もう生きた心地がしなかった」

ずっと私に付き添ってくれていたのか、ベッドの傍らにある面会者用のパイプ椅子に座り、穂高さんは今にも泣きそうな顔をして私の手を握ると、大きく安堵のため息をついた。

そうだ。思い出した。三田さんと別れ際に話がこじれて、それから……。

「ッ!?　赤ちゃんは、赤ちゃんは無事なんですか!?」

飛び起きたいのに身体が言うことを聞かない。それが歯がゆくて唇を噛む。

「安心しろ、子どもに影響はなかったそうだ。莉子の意識が戻れば、もう大丈夫だ」

握り締めた私の手の甲に頬を寄せ、彼は宥めるように唇を押し付けた。

「よかった……」

それを聞いて、今まで張り詰めていた緊張がほぐれる。立っていたらきっと膝からへなへなと崩れていたに違いない。

私、穂高さんの夢を見たような気がする。

彼の伸ばされた手を摑んだ瞬間、ふっと沈んでいた意識が押し上げられて現実世界へ戻ってこられた。

もし、私が彼の手を摑めなかったらと思うとゾッとする。

「あの、三田さんは……？」

なにも考えなしに三田さんの名前を口にすると、穂高さんの表情がみるみるうちに険しくなって、虫唾が走ると言わんばかりに眦がつり上がった。

「一緒に病室へ来ると言っていたが塩まいて追い返した。あいつだけはもう絶対に許せない。金輪際仕事でも関わりたくないな、だから桐ヶ谷百貨店全店舗で三田屋との契約を打ち切りにすることにした」

嘘でも冗談でもない、穂高さんは至って真剣だ。

「そんなことをしたら、三田屋の経営に響くんじゃ……」

ふん、と鼻を鳴らし腕を組んで、彼は静かな怒りを抑え込んでいた。人差し指をトントンとさせて感情の乱れが見て取れる。

「穂高さん、だめです」

「なんだって？」

ふるふると首を振る私を怪訝な様子で穂高さんがチラリと見る。

「私情でなんの非もない三田屋の従業員を巻き込まないでください。最初、穂高さんと結婚したとき、自分を偽ってわがまま妻を演じてましたけど、これは本心からのわがままです。聞き入れてもらえますよね？」

お腹を支えながらゆっくりと身体を起こす。そしてじっと穂高さんを見つめると、険しい目つきが急にふっと緩んだ。

「本心からのわがまま……か。だったらそのわがままに応えなきゃな。まったく、お前にはかなわない」

「じゃあ……」

はぁ、と息を吐いて穂高さんが私の頭に手をのせる。

「わかったよ、お前は優しいんだな。俺は怒りで従業員のことまで頭が回らなかった。けど、莉子にはもう近づかないよう直樹に厳重注意しておく。これでいいか？」

穂高さんにわかってもらえたことが嬉しくて、顔を綻ばせながらコクンと頷いた。

あれからこっぴどく穂高さんに怒られたのか、三田さんはここ二週間ほどぱったり顔を見せに来なくなった。赤ちゃんも順調に私のお腹の中で育っていて、少しふっくらしてきた。そんな頃、出産が近くなれば身体にも負担がかかるからと穂高さんの提案で私たちは結婚式を挙げることにした。

そして今、私は穂高さんから仕立ててもらった白無垢を着て永遠の契りを結ぶための誓杯《せいはい》の儀を交わしている。妊婦ということもあり、私はお神酒は飲む仕草だけして盃に手を添えた。

穂高さんと紆余曲折ありながらも、やっとこの佳き日を迎えられた。ずっと憧れて夢見ていた結婚式だ。

穂高さん、素敵だな。

前髪をキリッと後ろにあげ、何度もチラチラ横目で見てしまうくらい彼の紋付袴姿は凛々しくて惚れ惚れする。

「おい、儀式の最中だぞ、あまり俺に見惚れて余所見するんじゃない」

穂高さんにボソッと私にだけ聞こえる声で囁かれ肩が跳ねる。どうやら私の視線に気づいていたみたいだ。

「よ、余所見なんてしてません」

「その白無垢、似合ってる」

穂高さんは私の反応を楽しんでいるようで、お神酒を飲んだわけでもないのに顔が熱を持つ。

「こほん」

神聖な場でこそこそと喋っている私たちを注意するように斎主に小さく咳払いをされてしまった。きまりが悪くて俯きながら彼を見る。すると、穂高さんも私を見ていて斎主に内緒でクスッと笑い合った。

式が無事に終わり、退場するために神殿から外に出ると祝福に来てくれた人たちが折り鶴を手に待っていてくれた。沙奈とこの日のために帰国してきてくれた旦那様の姿もある。

神前式ではフラワーシャワーの代わりに平和と健康の意味が込められた折り鶴シャワーが人気らしい。

「莉子、これから出産やらで色々大変だと思うが、子どもが生まれたら最初に行きたい場所はあるか？」

「行きたい場所……海、海に行きたいです」

唐突に尋ねられた割には、私の頭の中で青い海と白い砂浜のイメージがパッと浮かんだ。不思議なことに、この光景になんとなく既視感がある。

「海か、いいな」

私の手をギュッと握ると、彼は私に優しく微笑みかけた。

「莉子、愛してる。必ず幸せにするよ。もう離さない。ずっとずっと俺と一緒にいてくれ」

彼を見上げると、その背後には青い海を思わせるような雲ひとつない晴天がどこまでも続いていた。

まるで私の大好きな恋愛小説の一節に出てくる景色のように――。

あとがき

こんにちは。初めましての方も夢野美紗《ゆめのみさ》です。

この度は、マーマレード文庫で三冊目の出版ということで読了していただいた読者様、いかがだったでしょうか？

世間知らずのお嬢様が離婚するため、試行錯誤していくうちにいつの間にか桐ヶ谷の温かな愛情に包まれて、本当の愛に目覚めていく過程は執筆していて楽しかったです。素直じゃない莉子と穂高の恋愛模様を楽しんでいただけたら幸いです。

最後になりましたが、出版・販売にあたり編集を担当してくださった皆様、素敵な表紙を飾っていただいたユカ様、方言をご指南いただきましたM様、H様、そしてこの作品を読んでくださった読者の皆様に深くお礼と感謝を申し上げます。

また別の作品でお会いできる日を、楽しみにしております！

夢野美紗　拝

マーマレード文庫

離婚したいのに、
旦那様の溺愛が凄すぎて別れてくれません

2022年5月15日　第1刷発行　定価はカバーに表示してあります

著者　夢野美紗　©MISA YUMENO 2022
編集　株式会社エースクリエイター
発行人　鈴木幸辰
発行所　株式会社ハーパーコリンズ・ジャパン
東京都千代田区大手町1-5-1
電話　03-6269-2883（営業）
0570-008091（読者サービス係）
印刷・製本　中央精版印刷株式会社

Printed in Japan ©K.K. HarperCollins Japan 2022
ISBN-978-4-596-70657-7

m a r m a l a d e b u n k o